Franzobel

Österreich ist schön

Ein Märchen

Paul Zsolnay Verlag

1 2 3 4 5 13 12 11 10 09

ISBN 978-3-552-05473-8

Satz: Eva Kaltenbrunner-Dorfinger, Wien
Druck und Bindung: GGP Media GmbH, Pößneck
Printed in Germany

Österreich ist schön

Der Fall Arigona Zogaj

Essay

– Sind wir voll?
– Ja, mit Löchern sind wir voll.
Passagier und Stewardess
in einem AUA-Flugzeug

Der Wind, der Wind, das himmlische Kind

Jetzt ist es auch schon wieder eine Weile her, dass der Kärntner Landeshauptmann mit 1,8 Promille im Blut und 180 km/h auf dem Tacho verunglückt ist. Sein Phaeton drehte und überschlug sich; mir der Hoden, was sich Torsion nennt, so dass mir am Tag von Jörg Haiders Unfall mein Nebenhoden entfernt wurde und böse Zungen nun behaupten, Österreich habe an diesem 11. Oktober 2008 gleich zwei rechte Eier verloren.

Bereits vor 15 Jahren hatte Jörg Haider beinahe an derselben Stelle einen damals glimpflich verlaufenden Autounfall, und auch ich hatte vor exakt 15 Jahren eine damals folgenlose Hodenverdrehung. Ein Zufall? Oder hat Jörg Haider wirklich was mit meinem rechten Hoden zu tun? Vielleicht habe ich meinen Nebenhoden für Jörg Haider geopfert – oder für ein Haider-freies Österreich? Haider, der ein charismatischer rechter Populist gewesen ist, aber mit markigen Sprüchen immer wieder das politische Klima von Österreichs Mediensuppe versalzen, seine Neigung tabuisiert hat wie ein Fußballspieler, ist also am selben Tag gestorben wie mein rechtes Ei. Sollte ich ob dieses Zusammenhangs beantragen, dass mein herausoperierter Hoden gemeinsam mit Jörg Haider bestattet wird? In einer Kapelle im Bärental?

Der Eierunfall war dramatisch, Fehldiagnose (Nierensteine) folgte auf Fehldiagnose (Adduktorenzerrung), so dass bei der Notoperation der Hoden bereits blau, nein braun geworden war und herausgenommen werden musste. Hätte man noch ein paar Tage länger zugewartet, wäre ich an einer Blutvergiftung gestorben, könnte nun Jörg Haider Gesellschaft leisten und dieses Märchen nicht mehr schreiben, das mir doch während all der diesigen Tage im Spital durch den Kopf gegeistert ist. Ein Märchen über den Zustand Österreichs, erzählt anhand des Schicksals der Arigona Zogaj, einer 16-jährigen Asylbewerberin, deren Schicksal das Land ebenso gespalten und vorhandene Gräben aufgezeigt hat wie Jörg Haider. Ein Märchen über das Erwachsenwerden eines alleingelassenen Mädchens inmitten einer verrohten, degenerierten Gesellschaft. Ein Märchen über ein Mädchen, das klein und dünn ist, Geschwister und Eltern verloren hat, aber eine wilde kindliche Fantasie hat, von ihrem Instinkt gerettet wird und nun in einem Schloss lebt.

Das Leben hängt an einem dünnen Faden, und man muss ewig dankbar dafür sein. Wenn man in einem Spital zwischen all den Krebspatienten, Unfallopfern und ärztlichen Kunstfehlern liegt, scheint es überhaupt wie ein Wunder, dass man halbwegs unbeschwert existiert. Liegt man im Spital, dreht sich plötzlich alles nur noch um Krankheit und Sterben. Die Ärzte sind Verwaltungsbeamte des Existierens und Vollzugsbeamte des Krepierens. Es ist sehr befremdlich, wie nüchtern und pragmatisch da über Schicksale geredet wird.

Nach dem Aufwachen aus der Narkose ist mir das Leben übrigens wie ein fliegender Felsbrocken erschienen, ein großes, schwebendes Massiv, auf dem jemand ein beschauliches Kabäuschen errichtet und in dem man es sich häuslich eingerichtet hat. Eine Vision war das, die ausgesehen hat wie ein Bild von René Magritte.

Das unaufgeklärte, sich von seiner braunen Vergangenheit nie wirklich distanziert habende Österreich ist mittlerweile dabei, Jörg Haider – der noch kurz vor seinem Ableben mit einem breiten Grinsen im Maul die Wörter »Endziel« und »Sonderanstalten« in Zusammenhang mit der Asylantenfrage gebrauchte, mutmaßlich kriminelle Asylbewerber und ihre Angehörigen auf der Kärntner Saualm (Gemeinde Griffen) einsperren wollte – seligzusprechen. Kritik an ihm oder gar Satire sind striktest untersagt. So hat die Kärntner Landesregierung (sic) am 18. November 2008 eine Resolution gegen Auftritte der Kabarettisten Dirk Stermann und Christoph Grissemann beschlossen. Warum? Weil sie landesfeindliche Parolen oder einen Aufruf zur öffentlichen Unzucht verbreiteten? Nein, die beiden hatten bloß die staatsgetragene Erstarrung der Kärntner bei Haiders Begräbnis auf ihr ironisches Schäuflein genommen.

Arigona Zogaj dagegen geht in eine weiterbildende Schule in Linz. Der Antrag auf Schülervisa für ihre beiden jüngeren Geschwister wird im Herbst 2008 abgewiesen. Ihre Mutter ist psychisch krank, schwer depressiv, der Vater im Kosovo untergetaucht. Und doch ist dieses kleine, aber hübsche Mädchen Projektionsfläche für ein ganzes Land, für Politiker, die um nichts schlechter sind als die Menschen, die sie ermöglichen, für Leute, die Sprüche wie »Lieber Gott, schütze mich und meine Brut, zünd 's Haus vom Nachbarn an, dann geht's uns gut« leben.

Was mit meinem toten Hoden passiert ist, weiß ich nicht. Eine Bestattung im Bärental ist aber unwahrscheinlich. Vielleicht wird er ja pulverisiert und irgendwo als Potenzmittel verkauft? Oder kommt er in die Kärntner Würst? In einen Heiligen Gral?

Spieglein, Spieglein an der Wand

Wie ich da im Spital zwischen einem Serben und einem Österreicher, zwischen Prostatakrebs und Nierentumor gelegen bin, dachte ich, die ganze Welt ist Scheiße. Hässlich kam mir alles vor, speziell die Menschen – auch die schönen. Als stünde allen ihre zukünftige Krankheit ins Gesicht geschrieben, ihr Ringen mit dem Tod. Der Tod ist Scheiße. Alles, was ist, war irgendwann mal Scheiße – und wird irgendwann mal Scheiße werden. Täglich produzieren sieben Milliarden Menschen einen unglaublichen Haufen Scheiße, eine Million Tonnen oder mehr – und das seit tausenden von Jahren. In Österreich scheißen neben den Ratten, Vögeln, Würmern usw. auch noch hunderttausende Hunde, die die Menschen aus Mitleid von ihren Urlaubsdestinationen mitgebracht haben, hunderttausende fremdländische Köter, die mithelfen, Österreich zuzuscheißen. Österreich versinkt in einem gigantischen Milchbreiberg aus Kot. Alles, was ist, war irgendwann mal Scheiße – und wird irgendwann mal Scheiße werden. Scheiße. Sogar die Freundlichkeit ist eine Scheißfreundlichkeit.

Regiert wird Österreich von Sektionschefs, Hofräten, Primarärzten und Provinzkaisern. Von Managern, deren Gehälter tausende Flüchtlinge ernähren würden, von Zeitungsherausgebern, die mithelfen, das Land zuzuscheißen. Dabei gibt es in diesem Land gar keine Zeitungen, nur U-Bahn-Blätter. Dafür gibt es Grafen und Barone.

Der Baron, von dem hier die Rede ist und den ich lange vor meiner Operation getroffen habe, gehört zu den Geistesmenschen, zu den musisch Veranlagten. Das Wort »Scheiße« kommt ihm nicht über die Lippen, obwohl auch er spürt, dass Österreich verschissen wird, verschissen von unfähigen Politikern, machtgeilen Kretins, von Leuten, die ihr ganzes Leben lang nur Geld verdienen wollten – und die daher auch nichts anderes verdient haben. Verschissen von einem Bundeskanzler, der José Manuel Barroso, den Präsidenten der EU-Kommission, mit Barolo ansprach, verschissen von Leuten, die Lump sagten und Hump oder Dump gemeint haben wollen, verschissen von kleinen Arschlöchern.

Der Baron, dem das Wort »Scheiße« nicht über die Lippen kommt, ist anders, etwas verschroben, eine literarische Figur, hat ein Faible für Unfiguren, ist ein kundiger Musikliebhaber, liebt den Musikverein, die Oper, schwärmt von Gustav Mahler und Carlos Kleiber, mit dem es sich Österreich erst recht verschissen hat.

Während Herbert von Karajan abgefeiert wird, ist der widerspenstige, zeitweise in Argentinien beheimatete Wahl-Slowene Carlos Kleiber eine Unfigur. Da kann er noch so ein Genie am Dirigentenpult gewesen sein. Eine weitere Unfigur ist Arigona Zogaj, ein Spielball der Politik, eine Frankenburger Jungfrau von Orleans, doch davon später.

Noch liege ich im Spital, erfahre, dass man in Haiders Wagen das Antidepressivum Sunny Soul, das sich wie Sanostol anhört, gefunden hat, und träume, dass Grölaz (Größter Landeshauptmann aller Zeiten) Haider Schutzheiliger in Kärnten wird und Plastikschlüsselanhänger mit seinem Bild angefertigt werden, auf denen »Gute Fahrt« steht. Im Fernsehen sieht man Bilder seines zerbeulten

Autos, im Hintergrund ein Haus, auf dem EROS steht – es sind die sichtbaren Buchstaben von SKISPORT GEROS. Sein Lebensmensch weint öffentlich, und sein Stellvertreter sagt: »Heute Nacht ist in Kärnten die Sonne vom Himmel gefallen.«

Und ich denke in der sterilen Krankenhausatmosphäre, wo meinem serbischen Bettnachbarn Schläuche aus dem Leib gezogen und Drainagebeutel gewechselt werden, an die vergeistigte Wiener Innenstadtwohnung des Barons, die bis oben voll mit Büchern ist. An den Wänden hängen Partituren, alte Theaterzettel und Scherenschnitt-Karikaturen berühmter Dirigenten. Auf den antiquierten Möbeln stehen Büsten von Beethoven und Schubert. Im Vorzimmer ein Originalbrief Adalbert Stifters, worin dieser in kleiner, gedrungener Schrift – ein Kontrapunkt zu seiner ausufernden, sonst nur mit Essen und Scheißen beschäftigten Leibesfülle – auf seine Erzählung »Nachkommenschaften« Bezug nimmt. Roderer, der Protagonist dieser Geschichte, ein Maler, der seine Bilder nicht herzeigen will und letztlich vernichtet, war ein direkter Vorfahre des Barons, wie der ebenfalls Roderer heißende Brauerei- und Gutsbesitzer der Erzählung.

Der Baron, der von diesen beiden literarisierten Roderers abstammt, sitzt, wie es sich in Wien gehört, jeden Vormittag in einem Kaffeehaus, an dem die Zeit seit hundert Jahren unbemerkt vorübergegangen ist, liest die *Salzburger Nachrichten* und die *Süddeutsche*, isst ein mit Schnittlauch bestreutes Butterbrot und trinkt, obwohl er einer Bierdynastie entstammt, Mineralwasser. Damit kennt er sich aus, weiß Römerquelle von Vöslauer zu unterscheiden, Perrier von Radenska, Sylt-Quelle von Gerolsteiner, Tafelwasser von Quellwasser.

En passant mustert er die Gäste. Den musikalisch begabten ehemaligen Verteidigungsminister mit dem schönen nestroyschen Namen Friedhelm Frischenschlager, genannt Frischi, der 1985 den in Italien frei gelassenen NS-Kriegsverbrecher Walter Reder am Grazer Flughafen per Handschlag begrüßte. Die zuweilen rabiate Dichterin und den Malerfürsten mit den verstümmelten Händen, der mir einmal erzählt hat, wie sehr er Peter Handke verabscheut, weil er so schreibt wie jemand, dem der Deutschlehrer gesagt hat, dass er Schriftsteller werden muss. Und kam nicht wirklich eines Tages Peter Handkes Deutschlehrer mit einem Stapel Schularbeitshefte in die Klasse und verkündete: »Ein Genie! Unter euch ist ein Genie!«? Für Anton Lehmden, den Maler mit den verstümmelten Händen, war aber nicht Peter Handke das Genie, sondern Udo Proksch, dieses Unikum, das die ganze Zweite Republik aufgemischt und ad absurdum geführt hat. Um die österreichische Titelsucht lächerlich zu machen, all die Diplomingenieure, Diplomlandwirte und Diplomkaufleute zu blamieren, die das freilich nicht einmal kapiert haben, nannte sich dieser selbsternannte Brillendesigner, Erfinder der Senkrechtbestattung, Waffennarr und Cafetier »Diplom-Schweinehirt Udo Proksch«.

Eine ähnliche Aktion hat jüngst Stefan Weber, der Sänger und Kopf der Ulkrockgruppe »Drahdiwaberl«, geliefert. Bei der Verleihung des Goldenen Ehrenzeichens der Republik – oder war es das Silberne, oder nur ein Verdienstzeichen des Landes Wien, oder die Ehrennadel von Grinzing? – ja, es gibt in Österreich einen eigens für die Ordensvergabe zuständigen Sektionschef. Jedenfalls hat Stefan Weber bei dieser Ehrung all die Laudationes ertragen und sich dann durch den Prunksaal zum Rednerpult gewunden, wo aber keine Dankesworte aus ihm herauskamen, sondern ein kleiner, aber umso persönlicherer Schwall. Wörter? Nein, ein extra für diesen Anlass verfertigter und wohl stundenlang im Mund gekauter Speiberling. Er hat der Veranstaltung etwas gekotzt. Ehre, wem Ehre gebührt.

Es wird nirgendwo so viel erbrochen wie in Wien. Wenn man morgens durch die Straßen schlendert, merkt man, was da nächtens alles hochgekommen ist.

Und inmitten dieser leicht blasierten, immer zum Erbrechen und Raunzen aufgelegten Wiener Gesellschaft, der nicht nur Udo Proksch, sondern auch das Korrektiv eines Thomas Bernhard fehlte, saß nun in meiner spitalstrüben Erinnerung der Baron, der Geistesmensch, Musikfanatiker, bei dem ich immer an den Satz »So bin ich unversehens ein Landschaftsmaler geworden« denken muss, womit Stifters Erzählung »Nachkommenschaften« anhebt, bevor sie sich zu einer famosen Prosastelle hochwuchtet: »Wenn man in eine Sammlung neuer Bilder gerät, welch eine Menge von Landschaften gibt es da; wenn man in eine Gemäldeausstellung geht, welch eine noch größere Menge von Landschaften trifft man da an, und wenn man alle Landschaften, welche von allen Landschaftsmalern unserer Zeit gemalt werden, von solchen Landschaftsmalern, die ihre Bilder verkaufen wollen, und von solchen, die ihre Bilder nicht verkaufen wollen, ausstellte, welch allergrößte Menge von Landschaften würde man da finden!«

Der Baron war kein Landschaftsmaler geworden, sondern ein guter Mensch, wovon es sicher weniger gibt als Landschaftsbilder. Er sagte aber nicht: »So bin ich unversehens ein guter Mensch geworden – und kein Landschaftsmaler«, sondern: »Heute sehe ich etwas ramponiert aus, weil ich erst um halb zwei in der Nacht heimgekommen bin.« Einen Slalomlauf durch die Haufen des Erbrochenen stellte ich mir vor. Aber davon würde der Baron nicht sprechen. Stattdessen erzählte er, dass er tags zuvor auf einem Stehplatz im Musikverein gestanden war und Gustav Mahlers Sinfonie Nummer drei gelauscht hatte, einem seiner Lieblingsstücke. Er sagte auch, dass er nicht hingehen hätte sollen, weil seine Nase gelaufen war, was wegen der dauernden Schnäuzerei und der indignierten Blicke der Umstehenden höchst unangenehm gewesen sei. Und noch weniger hätte er nachher mit einem befreundeten Musiker ins »Smutny« gehen dürfen, wo es nicht nur frisch gezapftes Budweiser gibt, sondern, wie ich ihm sagte, auch der Kärntner Abwehrkämpferbund sich zu seinen Jahreshauptversammlungen trifft.

Damals, als ich ihm das erzählte, lebte Jörg Haider noch. Der Baron rieb sich verwundert die Augen. Ich sei Mitglied im Kärntner Abwehrkämpferbund? Ja, aber undercover wie der Wolf im Großmutterkostüm. Und nicht aus Überzeugung, sondern aus Interesse habe ich mich vor mehr als zehn Jahren wie weiland Thomas Bernhard bei der Landwirtschaftskammer diesem beliebten Verein eingeschrieben, der Kärnten aber nicht vor dem aus Griffen stammenden Peter Handke verteidigt, oder Peter Handke vor seiner Serbenliebe, die Serben vor der Welt, Karajan vor Kleiber oder den Carinthischen Sommer vor Stermann/Grissemann, sondern das deutsche Kärnten vor den Slowenen, die, wenn man den absurd-abstrusen Parolen dieses Abwehrkämpferbundes glauben will, nur darauf warten, Kärnten in einem Handstreich einzunehmen, um es einem Großslowenien einzuverleiben. Bis es so weit ist, betreiben sie, die Slowenen, mit zweisprachigen Ortstafeln, Schulen und Kindergärten eine schleichende Slowenisierung, um das germanische Kärnten mit Panslawismus zu durchsetzen. Für den Abwehrkämpferbund, dem ein Gutteil der Kärntner Bevölkerung angehört, war sogar Jörg Haider ein Linksliberaler – auch wenn er Asylantenheime in Sonderanstalten umbenannte oder Ortstafeln versetzte, um ihre vom Verfassungsgerichtshof beschlossene Zweisprachigkeit zu verhindern.

Der Baron erzählte damals von einer Parlamentssitzung, die er eben im Fernsehen gesehen hatte, von einem Misstrauensantrag gegen die Justizministerin und vom kaugummikauenden Präsidenten des Bauernbundes. Er selbst, der Baron, habe auch eine Affinität zu Kaugummis, aber im Parlament? Das sei gefälligst zu unterlassen. Oder wolle sich der Obmann des Bauernbundes mit dieser Kaugummikauerei bei den ihm unterstellten Kühen anbiedern? »Das Kind könnte man verlieren.« Der Baron verzog das Gesicht, stand auf und stopfte sich sein weißes, nicht mehr ganz sauberes Hemd in die blassgrüne Leinenhose. Aber deshalb hatte er mich nicht bestellt.

Warum mich dieser feinsinnige, irgendwie an Wittgensteins Neffen Paul erinnernde, leicht schlampig gekleidete Geistesmensch zum Frühstück geladen hatte? Nicht, um mir von Mahlers Sinfonie Nummer drei zu erzählen, von den neuesten Publikationen über Carlos Kleiber oder vom kaugummikauenden Bauernbundpräsidenten, sondern wegen eines Buchs, das er mir vor Monaten geborgt oder nahezu aufgedrängt hatte. »Unternehmen Bernhard« von Walter Hagen. Dieser Name steht hier weder für den deutschen Piloten noch für einen amerikanischen Golfprofi, sondern ist ein Pseudonym für Wilhelm Höttl, der eine typisch österreichische, höchst dubiose Karriere gemacht hat, es sich mit keinem verschissen, sich in jedem System gut eingerichtet und nach dem Krieg eine Schule im Ausseer Land gegründet hat, an der, so heißt es, die faulen Söhne und Töchter der besser situierten Wiener Matura machen konnten. André Heller und Niki Lauda sollen dabei gewesen sein.

Da der Film »Die Fälscher«, der das Unternehmen Bernhard thematisierte, eben in Hollywood den Auslandsoscar bekommen hatte, wollte der Baron das Buch zurück, trafen wir uns in besagtem Café in der Wiener Innenstadt, saßen zwischen Frischenschlager, der Dichterin und Lehmden, aß er sein obligates Schnittlauchbrot, trank ich grünen Tee und sprachen wir über Mozarts Linzer Sinfonie, über argentinische Steaks, Berlusconi, der, wenn er so weitermachte, bald alle Nichtnorditaliener zu Rumänen erklären würde, zu Retrorumänen, und über den österreichischen Innenminister, der den sinnigen Namen Platter trug und wegen seiner sturköpfigen Tiroler Art dem Baron besonders an die Nieren ging.

»Und darüber bin ich unversehens ein Gutmensch geworden«, lächelte er und erzählte, dass er neuerdings in seinem Schloss in Frankenburg die 16-jährige Arigona Zogaj und ihre Mutter Nurie beherberge.

Ob dieses Schloss Frein in Frankenburg mit dem Gut des Peter Roderer in Stifters »Nachkommenschaften« identisch ist? Ja, wenn ich meiner Stifter-Ausgabe glauben darf, worin es heißt: »Eine sachliche Anregung fand Stifter in dem Ort Frankenburg, den er, nach einer Dienstanweisung vom 12. Dezember 1859, in seiner amtlichen Eigenschaft als Schulrat inspizierte. Franz Schaup (1796 bis 1871) hatte dort eine Kleinkinderbewahranstalt und eine Mädchenschule begründet sowie in Zipf die Brauerei und das Moorbad erworben.«

Es ist jedenfalls wenig Schloss und viel Bruchbude, wie sich der Baron ausdrückte, kalt, baufällig und ohne Schlossherrenlebensgefühl à la »Schlosshotel Orth«. Er erzählte auch von der feindseligen Stimmung, die seither überall zu spüren war, von den, wie er sagte, Hyänen. Die Menschen waren ihm nämlich keineswegs dankbar dafür, dass er armen, vom Schicksal gebeutelten Menschen wie den Zogajs Unterschlupf gewährte, im Gegenteil, sie fluchten und waren verärgert darüber, dass sich mit dem Pfarrer in Ungenach nun auch eine zweite Autoritätsperson für diese Arigona einsetzte.

Um ihm ihre Anteilnahme auszudrücken, legte man ihm tote Katzen vor die Tür, bekam er von einem Tankwart, dessen Kunde er zwanzig Jahre lang gewesen war, kein Benzin mehr. Außerdem kursierten Gerüchte im Ort, Arigona habe gestohlen, ein behindertes Mädchen gemobbt, in der Schule eine Putzfrau angespuckt, sie und ihre Mutter dürften in den Geschäften von Frankenburg und Umgebung nicht mehr einkaufen; ihr Vater habe schon im Kosovo einen Sattelschlepper gestohlen, mit dem Verkaufserlös seine Familie nach Österreich geschleust, ihr Bruder sei in eine Messerstecherei verwickelt gewesen, vorbestraft. Es hieß auch, der Baron habe wohl seine Gründe, das hübsche Mädchen – die wachsen nicht im Schrebergarten – bei sich aufzunehmen. Eine Affäre dichtete man ihm an, wie man es zuvor schon mit dem Pfarrer Josef Friedl gemacht hatte, der Arigona und ihre Mutter mehrere Monate lang im Pfarrhof Ungenach beherbergt hatte.

Damals standen Sprüche wie »Pfarrer Friedl Arigona schwanger« auf Kuhställen und der Straße, wozu die Polizei nur mitteilte, dass sie nichts dagegen tun könne. Eine Spurensicherung wurde verweigert. Auch das gehört zu den Ungeheuerlichkeiten dieses Landes. Land der Zwerge, Land der Keller, Land der Knödel mit Saft, Land der Teller, Land der großen Frauen...versteher.

Nur ein halbes Jahr zuvor hatte in Frankenburg eine Demonstration stattgefunden, bei der sich tausende Menschen, darunter zahlreiche Prominente, Künstler, aber auch die Präsidentin des österreichischen Parlaments und eben Pfarrer Friedl für den Verbleib der Familie Zogaj eingesetzt hatten. Die Familie lebte seit Jahren in Österreich und war gut integriert. Bei einer Gemeinderatssitzung stimmte man am 5. Juni 2007 geschlossen für ihren Verbleib.

Ein Häuschen aus Pfefferkuchen fein

Ein Gemeindeamt ist ein Haus mit Waschbeton, Linoleumböden und Gummibäumen in den Gängen. In einem Gemeindeamt gibt es Schaukästen, wo Trauungen, Geburten und Todesfälle angezeigt werden, Sekretärinnen mit knielangen Röcken und Nylonstrümpfen an alten Schreibtischen sitzen, von denen das Furnier absplittert, und im Gemeindeamt trifft sich der Gemeinderat mit seinem Vorsitzenden, der den anderen aber nichts vorsitzt oder vorfurzt, sondern den Vorsitz hat. Und da wird dann so gesprochen, als wäre man in einem Ödön-von-Horváth-Stück, Familie wird mit »Fam.« abgekürzt, was im Oberösterreichischen so viel wie Bierschaum bedeutet.

Vorsitzender (ich stelle mir vor, er trägt ein T-Shirt mit der Aufschrift »Als Gott mich schuf, wollte er prahlen«, was einen anderen Gemeinderat zu der Bemerkung veranlasst: »Da sieht man, wie bescheiden Gott ist«): »Es geht um die

Abschiebung der Fam. Zogaj. Die Fam. Zogaj stammt aus Serbien. Sie ist bereits seit 2001 in Österreich und seit 2004 in Frankenburg beheimatet.«

Beheimatet ist ein sonderbares Wort, das wie verarztet oder beamtet klingt. Betrunken mit Heimat? Doch für solche Überlegungen hat ein Gemeinderatsvorsitzender keine Muße, also fährt er fort: »Die Fam. hat fünf Kinder. Die Fam. ist vollkommen integriert bei uns. Die Kinder spielen Fußball und besuchen den Jugendtreff. Die Fam. musste aus wirtschaftlichen Gründen aus der Heimat flüchten. Nachdem es keine humanitären Bestimmungen gibt, soll die Fam. jetzt abgeschoben werden. Kinder sammeln bereits Unterschriften, damit die Fam. dableiben darf. Nachdem der Ehemann arbeiten geht und seine Fam. selbst ernährt, soll die Abschiebung verhindert werden. Der Sohn hätte bereits eine Lehrstelle, darf aber nicht arbeiten, weil er keine Arbeitsbewilligung bekommt. Die Fam. fällt in keinster Weise auf. Ich habe die Fam. nur dem Namen nach gekannt, weil die Kinder mit meinen Enkelkindern zur Schule gehen. Mit dem Dringlichkeitsantrag soll der Gemeinderat beschließen, dass die Fam. in Österreich bleiben darf.«

In Österreich ist es immer gut, wenn man nicht auffällt. Nichts fürchten die Menschen mehr, als aufzufallen. Nichts ist ihnen unangenehmer als jemand, der auffällt. Österreich ist ein Land der Unauffälligen. Auch das fällt auf.

Gemeinderat P. ergänzt: »Der älteste Sohn ist im Alter meines Sohnes. Er war schon einige Male bei uns zu Hause. Er ist freundlich und fällt nicht auf.«

Vizebürgermeister J. (ich stelle ihn mir mittelgroß, mitteldick, mit Mittelscheitel und die Mitte vertretend vor): »Wenn die Fam. jetzt ausgewiesen wird, wissen sie nicht mehr, wohin. In Serbien haben sie nichts mehr. Die Fam.

Zogaj erhält sich alleine. Wir sollten versuchen, dass die Fam. bei uns bleiben kann.«

Gemeinderat G.: »Durch eine Abschiebung werden humanitäre Katastrophen geschaffen. Eine Abstimmung im Gemeinderat, ob eine Fam. ›ordentlich‹ ist, finde ich nicht gut. Es wäre allen von uns sehr unangenehm, wenn über unsere Fam. öffentlich so gesprochen werden würde. Ich unterstütze diese Fam. und auch andere, die bei uns ihre Heimat gefunden haben. Ich halte das für selbstverständlich.«

Gemeinderat S.: »Ich schließe mich meinem Vorredner an. Oft wird geschimpft, dass es Sozialschmarotzer sind, man muss sich aber überlegen, dass diese Menschen oft nicht arbeiten dürfen. Es sollte an die Politiker weitergegeben werden, dass sich diese auch Gedanken darüber machen. Wenn Flüchtlinge arbeiten dürfen, fallen sie dem Staat nicht zur Last. Ich finde es selbstverständlich, dass wir uns für diese Fam. einsetzen.«

Der Vorsitzende: »Die Gemeinde kann nichts machen. Wir haben nicht einmal gewusst, dass die Fam. abgeschoben werden soll. Wir können uns um keine Arbeitsgenehmigung für den Sohn einsetzen. Wir haben da keine Befugnisse. Es gibt höhere Stellen, die die Gesetze machen und beschließen. Ich hoffe, dass die Fam. bleiben darf. Mein Enkelkind ist nach Hause gekommen und hat gesagt, der Albin weint immer, weil er Angst vor der Abschiebung hat.«

Da keine weitere Wortmeldung erfolgt, wird abgestimmt. Der Beschluss wird einstimmig angenommen: Die Marktgemeinde Frankenburg setzt sich gegen die Abschiebung der Familie Zogaj ein. Wie es heißt, soll sich besonders eine FPÖ-Gemeinderätin für Arigona starkgemacht haben. Sie kannte das Mädchen, weil sie es als Babysitterin beschäftigte. Eine Haltung, die der Linie ihrer Partei völlig widersprach. Die Dame durfte später nicht weiter in Erscheinung treten. Das Problem mit den Ausländern ist meist, dass jene, die man kennt, nett und freundlich sind, während alle anderen stehlen und betrügen.

Im Dezember 2008, nach der Abschiebung ihrer Familie, dem Medienrummel, Haiders Unfall, meiner Hodenoperation, treffe ich Arigona und frage sie nach dieser Gemeinderätin. Sie weiß von nichts. Auf Kinder hat sie niemals aufgepasst. Sollte auch das ein Gerücht gewesen sein?

Hinter den sieben Bergen

Zurück nach Frankenburg. Der Beschluss des Gemeinderates nützte nichts. Am 27. September 2007 wurden der Vater und vier seiner Kinder abgeschoben, die Mutter, die auch abgeschoben werden sollte, erlitt einen Nervenzusammenbruch und kam ins Landeskrankenhaus Vöcklabruck. Arigona, die damals 15-jährige Tochter, war der Abschiebung nur entgangen, weil sie sich bei einem Mopedführerscheinkurs in Ried im Innkreis befand, als die Beamten der Fremdenpolizei kamen und das Haus umstellten.

Es war 17.30 Uhr, eine Zeit, zu der man alle zu Hause wähnte. Die beiden größeren Brüder waren zur gleichen Zeit auf den Polizeiposten bestellt, um, wie es hieß, dort etwas zu unterschreiben. Sie gingen hin und wurden sofort festgenommen. Vater, Mutter und die beiden kleinen Kinder traf man zu Hause an. Alle, nur Arigona nicht. Sie hatte vergessen, ihren Eltern vom Führerscheinkurs zu erzählen.

Wie fühlt man sich, wenn man jahrelang wo lebt und plötzlich die Fremdenpolizei vor der Tür steht, einen abführt? Wie lange hat man Zeit, seine Habseligkeiten zu packen? Was geschieht mit den Möbeln, dem Kinderwagen, der Waschmaschine, dem Fernseher? Was geschieht mit all den anderen Dingen, die man sich mühselig erspart und zu den Festtagen geschenkt hat? Das ist kein Umzug, man wird herausgerissen aus seiner Welt. Welche Bücher nimmt man mit, welche Kleidungsstücke? Welche CDs? Es ist ein Abschied für immer. Mit einer Abschiebung geht meist ein fünfjähriges Einreiseverbot für alle EU-Staaten einher.

Wie ist es Nurie Zogaj gegangen, als sie zum Wäschetrocknen auf dem Dachboden ihres Hauses war, plötzlich Geräusche hörte, zum Fenster lief, ein Polizeiauto erblickte und dahinter fünf Busse mit vergitterten Scheiben? Ist sie mit dem Wäschekorb nach unten gerannt? Direkt in die Arme ihres verstörten Mannes? Hat sie gezögert, die Tür aufzuschließen, oder war sie schon offen? Wie hat sie reagiert, als ihr die Beamten mitteilten, sie werde in den Kosovo abgeschoben? Hat sie geschrien: »Was, wo soll ich hin? Warum wir? Warum heute?« Hat sie ihren Anwalt angerufen, ihn um Unterstützung gebeten, und haben die Beamten ihr und ihrem Mann die Handys aus der Hand gerissen? Wann war der Nervenzusammenbruch? Sollte sie auf Arigona warten? Oder warum sonst musste sie nicht mitkommen? Hat sie sich von ihrem Mann und den kleinen Kindern noch verabschieden können, bevor sie mit dem Polizeibus abtransportiert wurden? Hat sie die Gesichter ihrer Kinder noch einmal durch die vergitterten Busfenster gesehen? Hat sie daran gedacht, dass sie vor Jahren im Kosovo ihr Dorf verlassen musste, weil der Krieg vor der Tür stand, sie damals ihre fast nackten Kinder aus den Betten reißen musste, da Schüsse zu hören waren, Granaten detonierten? Hat sie an die desolaten Bedingungen im Zeltlager gedacht, daran, dass ihr Hilfsorganisationen versprachen, ihr zerstörtes Haus wieder aufzubauen, was nie geschehen sollte. Daran, dass sie seither Herzrasen hatte, immer öfter zitterte oder ihr im Scheitelbereich ganz kalt wurde? Daran, dass sie in Österreich Zukunft und Heilung sah? Und hatte sie ihr Mann nicht stets beruhigt, gemeint, sie solle sich nicht fürchten, sich keine Gedanken machen? Und sie hatte sich keine Gedanken gemacht, die Gedanken kamen von allein.

Ihr Mann hatte stets gemeint, er würde, falls die Polizei tatsächlich käme, einfach davonlaufen, einfach in den Wald rennen, sich verstecken, die österreichische Polizei sei schließlich keine jugoslawische Miliz, die würde ihm nicht hinterherschießen, sogar zum Nachlaufen wäre die zu faul, die würde ihn ziehen lassen und dann selbst wieder abziehen. Mit zwei Polizisten hatte er gerechnet, nicht mit ganzen Busladungen. Notfalls hatte er sich auch verstecken wollen, im Kellerkasten, unter der Treppe, aber dann ist alles viel zu schnell gegangen, zu schnell, um wegzulaufen, zu schnell, um sich zu verstecken. Und die Polizisten waren viel zu viele, umstellten gleich das Haus – wie in einem Gangsterfilm. Aber die Zogajs waren keine Gangster, nur ganz normale Leute, die ein bisschen leben wollten, nicht besser, sondern menschenwürdig.

Später wird Nurie sagen: »Ich habe gesehen, wie die Polizei die Kinder von mir weggenommen hat, die haben so sehr geweint. Dass die Polizei mir die Kinder genommen hat, das war für mich, als hätten sie mich geschlagen. Die Polizisten haben zu mir gesagt, ich solle etwas zur Beruhigung nehmen, das hat mich aber gar nicht interessiert. Was für ein Leben soll ich ohne Kinder haben?«

Später ist auch sie von der Polizei mitgenommen worden und hat eine Nacht im Gefängnis verbracht. In der Ausnüchterungszelle? Einen Rausch kann man ausschlafen, aber nicht den Tod – und auch nicht eine derartige Familienkatastrophe. Der Mann, vier Kinder – alle abgeschoben. Und Arigona?

Nurie hat nichts mitgehabt, sonst hätte sie sich umgebracht. Mit einem Messer hätte sie sich die Pulsader aufgeschnitten, mit Superkleber hätte sie sich Nase und Mund zugeklebt, bei einem Fenster wäre sie rausgesprungen. Aber sie hatte nichts. Am nächsten Tag wurde sie entlassen. Zuvor brachte man sie in die Amtsstube. Da roch es nach Filterkaffee, Kalenderblätter mit Enten und Bergen hingen an der Wand. Topfpflanzen, ein Aktenschrank, ein Schild daneben: »Ich mag Sex bestimmt genauso gerne wie Sie das Rauchen. Aber bumse ich in Ihrem Büro? Also rauchen Sie auch nicht in meinem.« Nurie hatte gar kein Büro, nur die Küche. Geraucht hätte sie jetzt trotzdem gerne – zum ersten Mal in ihrem Leben. Aber da sie keine Aschenbecher sah, wagte sie nicht zu fragen. Österreich ist ein reiches Land, das sagt schon der Name, auch wenn niemand lächelt. Alle haben große graue Autos, und im Fernsehen laufen ständig Kochsendungen. Aber der Reichtum hat keinen Stolz, er ängstigt die Menschen, macht sie engstirnig. Raucher mag man hier nicht, Fremde noch weniger. Alle haben Angst um die Gesundheit, Angst, die Pension nicht zu erleben, Angst, die Pension zu erleben, aber keine Rente zu bekommen, Angst vor Einsamkeit, Angst vor falschen Freunden, Angst vor Metastasen, vor einer Steuernachzahlung, Angst vor dem Tod. Fährt man mit der Bahn, muss man sich auf dem Bahnsteig in die Raucherzone stellen. Wie ein Käfig ist das. Und hat man keinen Pass, ist man rechtlos wie ein Jude im Dritten Reich.

Nurie fragte, wo ihr Mann sei, wo die Kinder. Sie vermisse sie. Nein, vermissen war nicht das Wort, es war ein Gefühl, das leicht süßlich bis ungenießbar, aber sehr schmerzhaft war. Der Beamte, er hatte eine schmale Nase wie eine Kinderrutsche im Gesicht, sein Händedruck war weich wie ein Radiergummi, stellte ihr eine Tasse Kaffee hin und murmelte: »Wo sie hingehören. Flugzeug. Priština. Schön dort. Schönes Wetter. Baden.«

Die Zahl der menschlichen Herzschläge ist auf durchschnittlich zweieinhalb Milliarden limitiert – und in diesem Augenblick verbrauchte Nuries Herz Millionen Schläge, so wild pochte es in ihr. Sie trank einen Schluck Kaffee, er schmeckte bitter. Dann sah sie die Schildkröte auf der Tasse, Zakynthos stand darunter. Ein Dokument wurde ihr vorgelegt, von dem ihr die Dolmetscherin sagte, sie müsse es unterzeichnen, wenn sie nicht in den Kosovo zurückwolle. Also hat sie unterschrieben. Erst später hat sie, die nur schlecht Deutsch spricht, erfahren, dass die Dolmetscherin falsch übersetzt hat, sie in Wahrheit unterschrieben hat, in den Kosovo zurückzuwollen.

Eine Nachbarin der Zogajs hat erzählt, dass diese Dolmetscherin, selbst eine emigrierte Kosovarin, immer in den höchsten Tönen vom Kosovo schwärmte, erzählte, wie schön und toll es da jetzt sei und dass sie unbedingt zurückmüssten. Unbedingt!

Ich denke an Deportationen, an Aussprüche der rechtspopulistischen Politiker, die wie H.-C. Strache, Führer der Freiheitlichen Partei Österreichs, kurz FPÖ, sagen: »Insgesamt müssten strengere Asyl- und Zuwanderungsgesetze verabschiedet werden, um Kriminellen schon an den Staatsgrenzen eindeutig klarzumachen, dass sie in Österreich unerwünscht sind.« Für jemanden wie Strache sind Zuwanderer potenzielle Kriminelle. Tatsächlich liegt die verhältnismäßig hohe Kriminalitätsrate von Asylbewerbern vor allem daran, dass ihnen der Zugang zum Arbeitsmarkt verweigert wird. Der Deutschkurs kostet sechzig Euro pro Monat, damit ist das halbe Freizeitgeld aufgebraucht. Die Menschen sind zum Nichtstun verurteilt. Wie Schiffbrüchige auf einer Insel leben sie inmitten des Wohlstands, warten, dass die Zeit vergeht, dass jemand sie abholt.

Laut einer Weisung des damaligen Arbeitsministers Martin Bartenstein darf das Arbeitsmarktservice (welch seltsames Neuwort für Arbeitsamt – ein Service für den Arbeitsmarkt?) nicht einmal dann eine Beschäftigungsbewilligung erteilen, wenn die Arbeitskraft benötigt wird und sich sonst niemand bewirbt. Man will verhindern, dass Asylbewerber irgendwelche Rechte erlangen. Sie sind die Vogelfreien unserer Zeit, die von Giorgio Agamben mit den ausgezehrten Muselmanen im KZ verglichen werden. So dürfen sie nicht einmal als Erntehelfer arbeiten, weil sie auch hier nachher etwas einklagen könnten. Da nimmt man lieber Menschen aus Mazedonien, die nach der Ernte wieder heimgekarrt werden. Ausnahmen gibt es nur bei Prostituierten, die jederzeit eine Aufenthalts- und Arbeitsbewilligung erhalten. Was für eine Scheinmoral. Was für eine Bigotterie.

Davon abgesehen sind die Gesetze bereits seit Jahren derart rigoros, dass die meisten Asylbewerber nur mit Schleppern nach Österreich gelangen. Sie setzen ihr letztes Erspartes ein, nehmen unglaubliche Torturen auf sich, verbringen Tage, ja oft Wochen unter doppelten Lkw-Böden oder in falschen Tanks, nur um in Österreich sofort wie Kriminelle behandelt zu werden. Österreich hat kein Problem damit, Flüchtlinge der eigenen Geschichte wie Bruno

Kreisky oder Auswanderer wie Frank Stronach oder Arnold Schwarzenegger zu ehren und gleichzeitig alle Asylsuchenden wie Schwerverbrecher zu behandeln.

In Europa werden täglich hunderte Menschen abgeschoben, ebenso in Amerika, wo sich reiche Leute für viel Geld damit vergnügen, eine Flüchtlingserfahrung zu buchen, mit falschen Polizisten und falschen Schlepperbanden ein Reality-Game zu spielen.

So zündet es nun Hölzchen für Hölzchen an

Arigona Zogajs Flüchtlingsgeschichte ist kein Spiel. Da war einmal eine Familie, Vater, Mutter, Kinder, kleine Streitereien, aber ein gutes Leben. Manchmal holte der Vater seinen Zauberstab hervor, und die Mutter wurde zum Kaninchen. Jeden Tag Konzerte, morgens die Vögel, untertags die Zikaden, nachts die Frösche, es gab frische Milch und zweimal in der Woche Fleisch, eine Oma mit lustigen Geschichten, Kühe, Esel, Hochzeiten und ein Lehrer, der trank und manchmal, wenn der Alkohol die bösen Geister in ihm weckte, die Kinder schlug, trotzdem war das Leben schön, auch wenn es mundelte, aß man aus derselben Schüssel. Dann kam der Krieg, der den Menschen ihre Namen nahm, alle hießen nur noch Du, zu Vertriebenen und Überlebenden machte sie der Krieg. Sie sahen Leichen und Verwundete, die um Hilfe oder nach der Mama brüllten, denen aber nicht zu helfen war. Sie rochen den beißenden Gestank verfaulter Wunden und beginnender Verwesung. Sie hatten fürchterliche Angst. Dann kamen sie nach Österreich, wo man sie nur bei ihrem neuen Namen nannte, woher kommen du, was wollen du, du hier nicht zu Hause, du Dreck.

Österreich, wo niemand mehr Kühe oder Hühner hielt, niemand selbstgestrickte Pullover oder Socken trug, dafür aber jeder Autos, Handys und Wachhunde hatte, die auf alles aufpassten. Österreich, wo sie sich um einen Namen bemühten, darum, auch Österreicher zu werden. Sie kleideten sich wie die Österreicher, aßen wie die Österreicher Knödel, bekamen österreichische Knödelfiguren und sprachen wie die Österreicher knödelig, die Oberösterreicher, sagten b statt w und w statt b: Owaösterreich, Möbe zur Möwe und Möwe zum Möbelstück, Löbe zum Löwen und howeln statt hobeln. Nur Kriegsfilme konnten sie sich keine ansehen, weil sie die an ihre Heimat erinnerten, an die Leichen im Kosovo. Und kaum waren sie wieder auf die Beine gekommen, sagten die Österreicher, deren Ahnen selbst allesamt aus Böhmen, Ungarn, Spanien, Russland oder sonst woher gekommen waren, dass sie gar keine richtigen Österreicher seien, nur nachgemachte Österreicher, armselige Dus. Kaum hatten sie sich eingelebt, sagten die Österreicher, die selbst seit Jahrhunderten das imitierten, was sie für österreichisch hielten, die selbst dieses Österreichersein mit Komplexen und Minderwertigkeitsgefühlen verbanden, dass die Zogajs falsche Österreicher seien, das Österreichergefühl nur vorspielten. Also gehörten sie hier nicht her. Sie mussten weg. Sie waren Dus und somit minderwertig.

Arigona aber wollte nicht weg, sie tauchte unter und drohte für den Fall ihrer Abschiebung mit Selbstmord. »Ich bringe mich lieber hier um, als dass ich dort lebe«, soll sie gesagt haben. Am 30. September 2007 tauchte ein Brief auf, in dem sie mit Selbstmord drohte und schrieb, sie werde sich nicht lebend der Polizei stellen, wenn ihre Familie nicht nach Österreich zurückkommen dürfe.

Die Medien machten innerhalb weniger Tage aus dem

hübschen Mädchen, das so gar nicht Albanisch, sondern breiten oberösterreichischen Dialekt (mit w statt b) sprach, einen kleinen Star, der die Titelseiten zierte, forderten aber auch ein Lebenszeichen, weil sie sonst, wie sie sagten, keine weitere positive Berichterstattung garantieren konnten. Entweder, so die Medien, wir bekommen eine Nachricht, oder wir schreiben von einer kleinen, den Staat erpressenden Ganovin. Dann würde sie schon sehen, was sie davon hätte. Dazu sollte es jedoch nicht kommen. Den Medien wurde ein Video zugespielt, in dem Arigona sagte: »Ich will jetzt niemand erpressen, die Behörden und die Polizei, weil das mit dem Selbstmord hab ich nur gesagt, weil unten hab ich einfach keine Zukunft nicht, unten kann man einfach nichts machen, keine Ausbildung, wirklich nichts ... Ich will nur, dass wir weiterhin hier leben dürfen wie immer, wie bisher.«

Niemand wusste damals, wo sie war. Sie war verschwunden, existierte nur noch auf den Titelseiten und in Schlagzeilen. Nachdem ihre Familie abgeschoben worden war, fand sie zuerst bei einer Freundin Unterschlupf. Ein vorgeblicher Freund ihres Bruders, den sie als Polizisten erkannte, rief an und wollte wissen, wo sie sei, ihre Mutter mache sich schon Sorgen. Bei einem Onkel in St. Georgen log sie frech und schaltete sofort ihr Handy aus, nahm die Batterie heraus, den Chip. Wenig später wurde die Wohnung des Onkels auf den Kopf gestellt. Bei ihrer Freundin konnte sie nicht lange bleiben, zu unsicher, also suchte man einen Unterschlupf in Wien und wurde fündig.

Allein stieg sie in Attnang-Puchheim in den Zug, zuckte zusammen, sobald jemand sie länger ansah, hatte Angst vor jedem Polizisten, konnte niemandem trauen. Sie hatte nichts bei sich als etwas geborgte Wäsche von der Freundin, alles viel zu groß, und einen Zettel mit der Wegbeschreibung. In Wien fuhr sie mit der Straßenbahn zu einer Frau, die ihr helfen, sie verstecken wollte. Sie war eine moderne Anne Frank. Nur Tagebuch schrieb sie keines. Die paar Seiten mit persönlichen Notizen, die in den nächsten Tagen entstehen sollten, würde sie später allesamt verbrennen.

Dafür schrieb sie diesen Brief, den die Frau zur Post brachte, und fand sich kurz darauf auf allen Titelseiten. »15-jährige Asylbewerberin droht mit Selbstmord!« Plötzlich war sie überall, in allen Medien, in allen Stammtischrunden, und doch war sie im Körper einer 15-Jährigen in einer Wiener Wohnung und den ganzen Tag allein, weil die Frau, die sie bei sich wohnen ließ, tagsüber arbeiten ging. Arigona konnte nicht außer Haus, der Erste, dem sie begegnet wäre, hätte sie erkannt. Aus Angst vor den Nachbarn verdunkelte sie die Fenster.

Sie konnte nichts tun, außer fernzusehen und die Zeitungen zu lesen, welche die Frau ihr brachte. Sie hatte keinen Appetit, verlor Gewicht, fünf Kilo. Ihre schlagartige Berühmtheit konnte sie nicht recht begreifen. Alles, was sie wollte, war, wieder mit ihrer Familie in Frankenburg zu sein. Die Medien und auch die Frankenburger, schien es, waren ganz auf ihrer Seite. Der Bezirkshauptmann, der Landeshauptmann, alle beschworen den Innenminister, einzulenken, der aber blieb hart, setzte die Abschiebung nur aus. Es gab zahlreiche Sympathiebekundungen, die Menschen, schien es, hatten genug von unmenschlicher Härte gegen integrierte Asylanten.

Nach einem halben Jahr war alles anders. Nun wollte niemand mehr Arigona und ihre Mutter und schon gar nicht eine Rückkehr des Vaters und der restlichen Familie. Nun sagte man, die Mutter solle sich um ihre anderen, in den Kosovo abgeschobenen Kinder kümmern, denn was sei denn das für eine Mutter? Eine »Rawenmutter«.

Dass die kleinen Kinder ihre Mutter am Telefon anflehten, nur ja in Österreich zu bleiben, weil sie sonst »in ein Auto rennen« oder »in den Fluss gehen«, wusste man nicht und wollte es auch nicht wissen.

Eine Nachbarin erzählte damals: Nachts schreien die zwei Jüngsten zwar nach der Mutter, tagsüber weigern sie sich aber, in die Schule zu gehen. Sie wollen wieder das Essen, das es in Österreich gab. Von den Süßigkeiten, die sie von einem Hilfstransport erhalten haben, essen sie nur kleine Stücke, um möglichst lange etwas davon zu haben. Der älteste Sohn flehte seine Mutter an: »Mama, bitte unterschreib nicht, dass du freiwillig herunterkommst, du sollst oben (in Österreich) auf uns warten. Zwei Jahre im Kosovo sind wie zwanzig Jahre.«

Die Österreicher aber wollten nicht verstehen, wie eine Mutter ihre zwei kleinen Kinder alleinlassen konnte. Die Österreicher wollten nicht mehr durch die Medien daran erinnert werden, dass es durch ihre Schuld, die Schuld ihrer Gesetze und eines sturköpfigen Innenministers diese zerrissene, traumatisierte Familie gab, die Österreicher wollten nichts mehr hören von den Zogajs.

Man kritisierte, dass Arigona quietschfidel im Ort herumlief, während in der Zeitung stand, wie schlecht es ihr ging. Man war auf ihre Popularität neidisch. Man bekrittelte, dass sie rauchte, und fragte, woher sie das Geld nahm. Man verbreitete Gerüchte über die Familie. So wollte etwa jemand von Arigonas Bruder angefahren worden sein, und als er aus seinem Auto stieg, um den Schaden zu besprechen, soll Arigonas Bruder ihn angeschnauzt haben: »Was ist, bist vielleicht ausländerfeindlich?« Arigona wurde nachgesagt, in einem Geschäft ein Handy mitgenommen zu haben. Als sie der Geschäftsführer zurückhielt, soll sie geantwortet haben: »Weißt du nicht, wer ich bin, die Arigona.« Und auch wenn die Nachbarn diese Gerüchte alle widerlegt haben, alle Geschäfte abgeklappert sind, um sich bestätigen zu lassen, dass sie nichts gestohlen hatte, blieb in der Bevölkerung doch die Meinung, dass schon irgendetwas dran sein müsse – weil aus dem Nichts kämen diese Gerüchte nicht.

Schuld war, dass jemand Daten über die Familie aus dem Ekis (Elektronisches kriminalpolizeiliches Informationssystem), in dem sich alle Anzeigen befinden, Journalisten vorgelegt hat. Aber angezeigt ist schnell jemand. Da in den Strafregistern nichts zu finden war, konnte man nun zumindest von einer Zeltfest-Rauferei des Bruders schreiben. Das genügte, um die ganze Familie zu kriminalisieren.

Ein Jahr später gab es wegen dieser illegalen Datenweitergabe einen parlamentarischen Untersuchungsausschuss, der trotz zahlreicher Indizien ohne nennenswertem Ergebnis sang- und klanglos eingestellt worden ist. Alle des Amtsmissbrauchs Verdächtigten sind weiter in Amt und Würden und wie zum Hohn auch nach wie vor mit der Familie Zogaj befasst.

Der Innenminister mit dem Gesicht eines Supermarktfilialleiters, der schon im Oktober 2007 proklamierte, dass sich der Staat nicht erpressen lassen könne, verkündete nun laufend, dass es keine Ausnahmen geben dürfe. »Ich sorge dafür, dass die Gesetze eingehalten werden. Nicht mehr und nicht weniger.« Aber gab es nicht immer Ausnahmen? War nicht die Ausnahme, die Tatsache, dass etwas übersehen wurde, jemand ein Auge zudrückte oder einfach etwas schiefging, der Grund aller Evolution? War nicht Österreich ein Land der Ausnahme? Aber wenn wir diesmal eine Ausnahme machen, so der Tenor, dann öffnen wir den Asylanten Tür und Tor, dann werden wir jeden, sobald er mit Selbstmord droht, aufnehmen müssen. Millionen Wirtschaftsflüchtlinge werden nach Österreich strömen und aufgrund der Lex Arigona dabehalten werden müssen. Zu einem Asylantentsunami wird es kommen. So die Angst der Österreicher.

Der Innenminister bangte um Wählerstimmen, votierte die Mehrheit der Österreicher doch für eine strikte Ausländerpolitik und gegen jeden Zuzug. Dass das Land Arbeitskräfte aus dem Ausland braucht, weil sonst das Krankenkassen- und Pensionssystem kollabiert, wussten die Politiker, aber der Druck von den rechtspopulistischen Parteien und der Angst schürenden *Kronen Zeitung* war so gewaltig, dass man sich weigerte, das auch nur ansatzweise zu kommunizieren.

Und nun saß ich also dem Baron gegenüber, der sein Schnittlauchbrot aß, Mineralwasser trank und mir von der Entwicklung der Arigona-Angelegenheit erzählte. Der Baron ist keiner dieser neureichen Schnösel, die vom Wein schwärmen, vom 84er Château Rothschild, der durch das Sammeln von Kunstwerken an ihrer Bedeutung teilhaben will. Ihm reicht der Musikgenuss. An Bildern hat er kein Interesse, da ist er anders als die Roderers bei Stifter. Der Baron ist, wie er selbst sagt, ein Museumshasser.

Warum spenden nicht mehr reiche Leute für wohltätige Zwecke? Warum werden nicht mehr leer stehende Unterkünfte zur Verfügung gestellt? Weil man immer noch glauben will, Armut sei selbstverschuldet. Weil unsere Welt von dem Slogan angetrieben wird: Jeder kann es schaffen – und derjenige, der es nicht schafft, ist selbst schuld. Mitleid ist uncool.

Dabei ist Mitleid eine Eigenschaft, die den Menschen erst zum Menschen macht. Die Natur hat im Allgemeinen kein Mitleid. Aber ist nicht ebendieses Mitleid für den evolutionsgeschichtlichen Erfolg des Homo sapiens verantwortlich? Nur in einer Gesellschaft, die Mitleid hat, werden die geistigen Ressourcen der körperlich Schwächeren genutzt. Eine Gesellschaft entwickelt sich dann am besten, wenn der Zugang zur Bildung allen offen ist, bleibt er auf eine elitäre Schicht beschränkt, fehlen die Talente und Begabungen der sozial Schwächeren. So gesehen, ist Mitleid der Motor allen Fortschritts – auch wenn sich der Kapitalismus weigert, das anzuerkennen. Insofern ist der Ausländerhass, den ich mir als Mischkulanz aus Angst, Neid und fehlgeleitetem Ödipuskomplex erkläre, kontraproduktiv. Nicht nur, dass jeder Mensch fast überall auf der Welt ein Ausländer ist – genau genommen ist das jeder, der in einer anderen Haut steckt –, Gesellschaften mit stark ausländerfeindlichen Tendenzen stagnieren auch. Ich weiß das zwar, und trotzdem habe ich manchmal ausländerfeindliche Gefühle – wie wohl jeder Mensch.

Und Arigona? Hatte mit ihr noch jemand Mitleid? Im Sommer 2008, am 4. Juli, sobald sie ihre Pflichtschulzeit absolviert hatte, sollte sie abgeschoben werden. Wenn möglich, ohne allzu großes mediales Getöse. Da kamen der Inzest-Fall von Amstetten und die Fußball-Europameisterschaft gerade recht.

Man kann die eigene Spucke nicht schmecken – umso erstaunter ist man, wenn man ausspeit, was da alles im Mund gewesen ist. Ich habe als Redner an der Frankenburger

Demonstration für den Verbleib der Familie Zogaj teilgenommen und versucht, den Verantwortlichen in ihr Süppchen zu spucken, weniger aus persönlicher Überzeugung, mehr, weil mich der Veranstalter gebeten hatte, die kleine Prominenz meines Namens für ein anderes Bleibe- und Fremdenrecht zu verwenden. Um bei der Wahrheit zu bleiben, hatte ich mich mit dem Fall kaum beschäftigt, aber doch genug von seiner Unmenschlichkeit begriffen, dass ich das nicht hinunterschlucken wollte, am 5. Oktober 2007 nach Frankenburg fuhr, mir den kalten Herbstwind um die Ohren pfeifen ließ, mich auf die Bühne stellte und den Demonstranten zurief:

> Österreich? Ist das schön. Und hundertmal und überhaupt. Österreich ist schön, und schon schön ist Österreich. Ich bin hundertmal verliebt in Österreich. Und Österreich ist sehr schön, das lernen wir, hundertmal, dass Österreich richtig schön ist, und das ist das Schöne an Österreich, dass hundertmal schon die österreichischen Schulkinder lernen, wie schön dieses Österreich nun ist, damit sie es nur ja nie mehr vergessen. Ist das schön. Und überhaupt. Die Sonne. Und damit sie es nur ja nie mehr vergessen, wie schön, schön Österreich ist, müssen schon die Schulkinder hundertmal, hundertmal schreiben: Österreich ist schön. Ist das schön. So schön ist Österreich, dass schon die Schulkinder es aufschreiben müssen. Müssen schreiben: Österreich fängt schön an, und schön hört Österreich auch auf. Ja. So ist das mit Österreich. Durch und durch schön. Hundertmal.
>
> Und Österreich ist das sechstreichste Land der Welt. Und das schönste überhaupt. In Österreich gibt es wenig Armut. Den meisten geht es gut. Und dennoch reden

plötzlich alle davon, dass die geltenden Gesetze eingehalten werden müssen – solange sie nicht selbst von so einem Gesetz als Parksünder oder Alkolenker abgestraft werden, dann nämlich wollen alle plötzlich eine Ausnahme. Österreich ist schön. Aber wie schön kann Österreich noch sein, wenn plötzlich alle die Einhaltung der Gesetze fordern? Auch Adam Graf von Herberstorff, der 1625 hier in Frankenburg beim so genannten Frankenburger Würfelspiel 36 Bauernrädelsführer um ihr Leben würfeln und dann 17 davon aufhängen ließ, auch dieser Graf hat nach seinen Gesetzen gehandelt. Und auch der Nazibürgermeister, der hier in Frankenburg vor etwas mehr als sechzig Jahren einen polnischen Zwangsarbeiter aufhängen und die Magd, die mit ihm ein Verhältnis hatte, scheren und zum Gespött der Leute machen ließ, auch dieser NS-Bürgermeister hat nach seinen Gesetzen gehandelt. Auch die Diktatoren, Hexenverbrenner und Folterknechte hatten alle ihre Gesetze. Ich scheiß auf diese Gesetze, wenn sie gegen Menschlichkeit und Toleranz sind. Ich scheiß darauf, wenn sie als Ausreden für Untaten herhalten, wenn sie ungerecht und inhuman sind.
Österreich ist schön, aber wie schön kann dieses Land sein, wenn plötzlich alle sagen, der Staat darf sich nicht erpressen lassen? Was will denn das für ein Staat sein, wenn er sich von einem 15-jährigen Mädchen, das alles, was es hat, einsetzt, nämlich das Leben, erpressen lassen könnte? Was kann Österreich verlieren? Wie soll denn eine 15-Jährige einen Staat erpressen? Das können allenfalls Terroristen! Geiselnehmer! Wenn also der Innenminister davon spricht, dass Arigona Zogaj den Staat erpresse, dann betreibt er eine unzulässige Kriminalisie-

rung, für deren Ahndung er selbst zuständig wäre. Asylanten befinden sich in einem rechtlosen Zustand, der jeden fühlenden Menschen beschämen muss. Die Situation der Asylsuchenden ist die mitteleuropäische Schande des 21. Jahrhunderts, die humanitäre Blamage der EU. Ich schäme mich dafür. Als Christen lernen wir, dass Maria und Joseph in Bethlehem kein Quartier fanden, in einem Stall wohnen mussten, wo Maria den Erlöser zur Welt brachte, wir empören uns über die Hartherzigkeit der Bewohner Bethlehems. Und selbst sind wir noch viel schlimmer. Ich sehe nicht, wie sich die Volkspartei mit ihrem Standpunkt im Fall Zogaj noch christlich nennen kann. Österreich ist ein Fremdenverkehrsland, aber mit Fremden will man nicht verkehren. Die Sprache gibt man preis, auf Speisekarten liest man Rührei, Filetspitzen und Pfannkuchenstreifen statt Eierspeis, Lungenbraten, Frittaten, aber vor Asylanten, vor armen Habenichtsen, die in ihrer Heimat oft Schreckliches erleben mussten, hat man Angst. Und tschüss. Österreich ist schön. Von den Touristen nimmt man gern das Geld, im Osten macht man gern Profit, aber von Verantwortung will man nichts wissen. Dabei ist es noch nicht so lange her, dass auch Österreicher froh über Asyl waren, auch uns vom Ausland geholfen werden musste – und geholfen worden ist. Als ich vom Schicksal der Familie Zogaj erfuhr, dachte ich, nach dieser medialen Lawine sei es schon nicht mehr notwendig, sich für diese Familie einzusetzen, ich dachte, es gehe eher darum, auch auf die 1500 ähnlichen Fälle hinzuweisen.

Mittlerweile habe ich viele erschreckende Postings und Leserbriefe gelesen, viel Geifer, der vor allem eines zeigt: Angst und Unzufriedenheit. Österreich ist schön. Aber können diese für Abschiebung und Härte eintretenden Menschen, die scheinbar nichts so sehr bewegt wie die Angst vor einem möglichen Missbrauch des Asylrechts, können diese ungroßzügigen Menschen glücklich sein? Das Glück ist ein Vogerl? Nein, eine Glocke, aber wenn sie Kleingeist läutet, wird sie schnell zur Käseglocke, luftdicht, aber stinkend. Schön, luftdicht und verschlossen. Österreich ist schön, luftdicht und verschlossen. Natürlich können wir nicht alle Grenzen aufmachen, aber wir dürfen integrierte Menschen, die in ihrer Heimat keine Zukunft mehr sehen, auch nicht mir nichts, dir nichts abschieben. Im Zweifel immer für den Menschen. Daher fordere ich ein uneingeschränktes Bleiberecht für die Familie Zogaj und alle ähnlich gearteten Fälle. Dass so viele Menschen dem Aufruf zu dieser Kundgebung gefolgt sind, ist wunderbar und gibt Hoffnung. Österreich ist doch schön. Danke.

Nach den Reden zogen die Demonstranten, darunter viele Kinder, zum Haus der Zogajs, wo mehrere Transparente angebracht waren: »Arigona muss bleiben!«, »Zogajs zurück nach Frankenburg!«, »Evaluierung des Fremdenrechts!«

Die meisten Kundgebungsteilnehmer kamen aus Vöcklabruck, Attnang-Puchheim, Linz. Die Frankenburger selbst standen eher am Rand und beobachteten das Treiben. Manche tranken Bier, aßen Leberkässemmeln und sagten: »Raus mit dem Gesindel. Die können uns gestohlen bleiben.«

Die meisten Redner gingen anschließend, nachdem sie Interviews gegeben und sich fotografieren lassen hatten, in ein Gasthaus und aßen Hühner-Cordon-bleu, Schnitzel oder Bunte Nudeln mit Fisch. Einer war nicht dabei, der Pfarrer.

Auch der Baron war nicht dabei. Auf den tags darauf erscheinenden Zeitungsbildern ist er inmitten der Demonstranten zu erkennen. Auch für ihn gilt, was Stifter über seinen Vorfahren geschrieben hat: »Er kleidet sich nicht nach seinem Stande und geht schlicht daher.« Der Baron, obwohl er mehrere Güter besitzt, ist keiner, der seinen Reichtum vor sich herträgt, keiner, der teure, in Venedig gedruckte Visitenkarten verteilt und seine Titel vor den Namen setzt. Bestenfalls verwendet er die Titel seiner Frau – oder erfindet welche und nennt sich Schulratsgatte, Magistravater und Mitglied der Krankenkasse, gedruckt im nächstbesten Copyshop. Der Baron ist auch keiner, der in die Öffentlichkeit drängt, ganz im Gegenteil: Allen Interviewanfragen und Einladungen zu Fernsehsendungen erteilt er eine Absage.

Ruckedigu, ruckedigu, Blut ist im Schuh

Natürlich hat die Kundgebung, an der sich auch die Tochter des Polizei-Einsatzleiters beteiligte, wenig genützt. Wahrscheinlich hat sie den Innenminister sogar noch mehr einbetoniert. Nun wollte er von seiner unnachgiebigen, keine Ausnahme machen wollenden Position gar nicht mehr abrücken.

Der Innenminister Platter, ein gelernter Buchdrucker aus Zams im Oberinntal, hatte sich doch nicht vom einfachen Streifenbeamten zum Minister hochgearbeitet, um dann über eine 15-jährige Asylbewerberin zu stolpern. Dieser Platter doch nicht, dieser begeisterte Bergfex, der gern Gitarre spielt und Volkslieder singt. Er ist einer von uns, einer wie wir. Gooble gobble, wie in dem Film »Freaks –

Missgestaltete« die Vogelmenschen, Stecknadelkopfmädchen, Liliputaner, der lebende Torso und der Mann ohne Unterleib singen. »Gooble gobble ... einer von uns.«

Manchmal kommt es mir so vor, als wären auch die Österreicher lauter solche Missgestaltete, zumindest seelisch Deformierte, Kleinwüchsige, bärtige Frauen, Verwachsene im Kopf, charakterliche Skelettmenschen. Gooble gobble. Nicht so Arigona, die war keine von uns, die kam aus der Märchenwelt.

Trotzdem wird sie vorerst nicht abgeschoben. Wie auch? Schließlich ist sie untergetaucht, was aber nicht bedeutet, dass der Staat nicht weiß, wo sie sich befindet. Jedenfalls hätte es kein gutes Bild gemacht, ihren Unterschlupf zu stürmen und sie abzuführen. Da wären die Möglichkeiten des Überwachungsstaates transparenter geworden, als dem Staat lieb sein konnte.

Am 7. Oktober 2007 nimmt der Ungenacher Pfarrer Josef Friedl mit Freunden der Familie Kontakt auf. Man suchte jemanden, der integer und unabhängig war, um zwischen Behörden und Arigona zu vermitteln. So kam man auf den Pfarrer, der sinnigerweise Friedl (ein Friedensstifter also) heißt und in einem Ort wohnt, der wie Ungemach klingt. Arigona dagegen lässt an Arizona denken oder an die Heldin eines Raumschifffilms, ist albanisch und bedeutet Gold – eine Aurelia. Und wie die Abenteurer im großen Goldrausch waren nun auch die Medien gierig hinter Arigona her.

In Albanien sagt man zu Arigona Marigona, die erste Frau, die die albanische Flagge genäht hat. Sollten Arigonas Eltern Devat, ein Lkw-Fahrer, und Nurie, eine gelernte Schneiderin, albanische Nationalisten sein? Oder warum sonst nannten sie ihre Kinder Albona, Albin, Alfred, Alban und eben Arigona? Oder haben sie absichtlich nur A-Namen gewählt, um ihre Verbundenheit mit Österreich zu zeigen, das man als Austria mit A abkürzt? Bezeichnenderweise hat man über die politische Haltung der Familie Zogaj nie etwas erfahren.

Oft verhält es sich so, dass eingebürgerte Migranten, um sich besonders integriert zu zeigen, ausländerfeindlicher und nationalistischer sind als Inländer. Auch der Fremdenhass unter den Asylbewerbern ist trotz aller Absurdität vor allem eines: traurig. Wenn die Menschen sonst nichts haben, bleiben ihnen nur die Ehre und der Stolz. Da schimpfen Türken auf Kosovaren, diese auf Tschetschenen, die wiederum auf Asiaten schimpfen – und alle schimpfen auf die Afrikaner, von denen die hellen auf die dunklen und so weiter. Grotesk auch deshalb, weil die Hautfarbe aller Menschen einmal schwarz gewesen ist, erst vor 8000 Jahren ist die menschliche Haut ins Weiße mutiert.

Vielleicht werden einem vor der Geburt Hautfarbe und Nationalität wie Träume zugeteilt, von denen ich mir vorstelle, dass es in einem Hauptpostamt für Schlafgestaltung Zwerge gibt, gute und böse, die wie Briefträger Träume in die Briefschlitze der Schlafenden werfen.

Am nächsten Tag fuhr Pfarrer Friedl zu einem Parkplatz südlich von Wien, wo ihm um zehn Uhr abends Arigona übergeben werden sollte. Die Nacht war eine schwarze Soße, in der ein paar weiße Neonlichter schwammen. Sternenlos der Himmel. Um dem Mädchen zu zeigen, dass es keine Falle war, öffnete der Pfarrer alle Autotüren. Sie huschte aus einem weißen Lieferwagen (ein Auto, wie es auch bei der Entführung der Natascha Kampusch verwendet worden war, ein Auto, mit dem man die Leiche des Milliardärs Flick stahl und mit dem die Zogajs einst von Schleppern nach Österreich gebracht worden waren – eigentlich ein Wunder, dass nicht auch Jörg Haider in einem weißen Lieferwagen verunglückt ist), aus so einem Wagen also lief sie, bepackt mit zwei Plastiksackerln, zum Auto des Pfarrers, um in die medialen Fußstapfen der Natascha Kampusch zu treten. Ein glitzernder Haarreifen, weiße Turnschuhe, eine trendige Jean. Sie ist wie die meisten Mädchen in ihrem Alter, interessiert sich für Musik, Fernsehsendungen und Piercings. Sie möchte sich gerne drei chinesische Zeichen in den Nacken tätowieren lassen: Glück, Gesundheit, Liebe; träumt von einem Bauchpiercing und geiler Kleidung. Doch konnte sie darüber mit dem Pfarrer reden?

Die Rückfahrt nach Frankenburg dauerte drei Stunden. Die beiden sahen sich zum ersten Mal. Dem Pfarrer war zwar freies Geleit zugesichert worden, aber nur innerhalb des Bezirkes Vöcklabruck. Er war nervös, hielt sich peinlich genau an die Geschwindigkeitsbeschränkungen und achtete auf die Geräusche des Motors wie ein in Führung liegender Rennfahrer in der letzten Runde. Auch für Arigona war nach den Tagen des U-Boot-Daseins die Situation schwierig. Gesprochen wurde kaum. Wie geht's dir? Hast du Hunger?, wollte der Pfarrer sie fragen, fürchtete aber, bei einer Raststation anhalten zu müssen. Was, wenn man sie erkannte? Nein, sie hielten nicht an, der Pfarrer hatte vorher vollgetankt. Nun kamen die Schatten der Bäume wie Geister auf sie zu. Die Verkehrszeichen huschten an ihnen vorbei. Einmal sahen sie die Polizei, zuckten zusammen. Doch nichts geschah. Lang nach Mitternacht erreichten sie den Pfarrhof in Ungenach. Der Pfarrer zeigte Arigona ihr Zimmer, trank selbst noch einen Schnaps und betete. Ein moderner Don Camillo.

Tags darauf trafen sie den oberösterreichischen Landeshauptmann Josef Pühringer, der mit Josef Friedl in die Schule gegangen war; seither waren sie befreundet. Der Landeshauptmann, ein kleiner Mann, dem rumpelstilzchenartige Zornesausbrüche nachgesagt werden, war auf ihrer Seite. Er hatte Arigona eine Linzer Torte mitbringen wollen und prompt darauf vergessen. Zuerst hatte er an einen Bildband über Oberösterreich gedacht, aber das wäre ihm doch zynisch vorgekommen. So brachte er ihr nichts mit, nur das Versprechen, dass alles gut gehen werde. Ein Antrag auf humanitären Aufenthalt wurde gestellt. Mit dem Innenminister wollte er sich in Verbindung setzen.

Bei der mit Spannung erwarteten Pressekonferenz zog Arigona ihre coolsten Sachen an, das Blitzlichtgewitter überstand sie erstaunlich gut. Über den Geistlichen, der die Moderation übernahm, sollte sie später sagen: »Der ist schon kommod.« Dann kam sie auf ihre Flucht zu sprechen, erzählte, dass sie nach dem Führerscheinkurs mit Freundinnen bei McDonald's, den sie Meggi nannte, essen war. Gerade als sie in den Burger beißen wollte, kam ein Anruf. Eine aufgeregte Stimme brüllte ihr ins Ohr: »Polizei! Bei euch! Alle mitgenommen!«

O mein Gott, dachte sie, klappte die Burgerschachtel wieder zu, schob sie demonstrativ von sich und starrte auf die aknegesichtigen Jugendlichen, die mit vollen Backen weitermampften. Sie beneidete jetzt jeden einzelnen, die hatten alle Glück.

Arigona: »Dann habe ich viele Anrufe bekommen, SMS, bald bin ich nicht mehr drangegangen. Den Rechtsanwalt wollte ich anrufen, aber ich habe seine Nummer nicht gehabt.«

Die Idee zur Flucht sei ihr spontan gekommen. Zuerst zu Freundinnen in Oberösterreich, keine 24 Stunden an einem Ort. Dann habe sie aus der Bezirkszeitung erfahren, dass sie gesucht wurde. »Ich hatte große Angst und bin nach Wien geflüchtet. Ich hab mich voll gefürchtet, hab nicht gewusst, was ich tun soll. Dann habe ich erfahren, dass meine Familie schon im Kosovo ist, Mama einen Zusammenbruch gehabt hat. Das habe ich alles aus den Medien erfahren. Da ist auch gestanden, dass mein Papa kriminell war. Voll arg.«

Angst habe sie immer noch. »Ich träume oft, dass wir alle in den Kosovo zurückmüssen. Doch was sollen wir dort, wir haben im Kosovo nichts und bis auf meine Oma auch keine Verwandten und Freunde.« Die Arbeitslosenquote beträgt vierzig Prozent, das Schulwesen ist so schlecht, dass an manchen Schulen der Unterricht in drei Schichten abgehalten werden muss.

Da stehen verrostete Autos in den Feldern, auf denen »Datum 1806« steht, erst wenn man näher kommt, kann man »Datum« als »Datsun« entziffern. Eselskarren, öffentliche Toiletten, die seit Jahrzehnten nicht geputzt worden sind, verfallene Häuser, Kriegsruinen. Eingedrückte Wasserflaschen in den Straßengräben, angekettete Hunde, Kinder, die mit kaputten Sonnenbrillen spielen. Braun gewordene Olivenblätter auf dem Boden, alte Matratzen, aus denen rostige Federn ragen, Mopeds, deren Auspuff mit Draht befestigt ist. Patronenhülsen. Massengräber.

Drei Tage später traf sie den Innenminister am Attersee. Wahrscheinlich deshalb, weil man im Büro des Innenministers Ungenach mit Unterach am Attersee verwechselte. Oder wollte man Arigona zeigen, wer am Attersee alles eine Villa hat – Hermann Maier, Kurt Waldheim selig, gooble gobble –, um ihr so zu signalisieren, dass sie keinen Platz hier hatte, nicht dazugehörte? Der Minister hatte ihr ebenfalls keine Linzer Torte mitgebracht, aber auch keine Versprechungen. Er war ein ernster, strenger Mann mit einer randlosen Brille und einem seltsam geformten Mund, aus dem lauter Wörter kamen, die Arigona nicht verstand: Verfassungsgerichtshof, Evaluierung, humanitärer Aufenthalt, Flüchtlingsproblematik. Die Wörter waren wie paniert, gewälzt und gewendet in kehligem Tirolerisch. Viel kam bei dem Gespräch nicht heraus. Von einer Rückkehr der Geschwister und des Vaters wollte der Minister nichts wissen. Arigona: »Platter hat gesagt, er hat selbst Kinder und kann verstehen, wie das ist. Er hat versprochen, dass mir jetzt einmal nichts passiert, aber sonst gar nichts.«

Kikeriki! Unsere goldene Jungfrau ist wieder hie

Nach mehr als zwei Wochen kam es zum Wiedersehen mit ihrer Mutter, die während dieser Zeit keine Ahnung gehabt hatte, wo sich Arigona aufhielt. Die Tochter wollte in ihr Haus in Frankenburg zurück. Die Mutter, die in der Zwischenzeit bei ihrem Bruder in St. Georgen im Attergau untergekommen war, hatte Angst, in das Haus zurückzugehen, weil sie dort Sachen von ihren abgeschobenen Kindern sehen hätte müssen. Tatsächlich waren da offene Schulhefte, weil die Kinder zum Zeitpunkt der Abschiebung gerade Hausaufgaben gemacht hatten. Auch Girlanden und Lampions für die geplante Geburtstagsfeier des jüngsten Sohnes lagen herum.

Die Tage werden kürzer. Überall hängt Weihnachtsbeleuchtung, die Leute kaufen Geschenke, backen Kekse und lassen ihre feuchten Handschuhe auf den Heizkörpern trocknen. Am 14. Dezember 2007 gibt der Innenminister seine Entscheidung bekannt, Arigona Zogaj keinen humanitären Aufenthalt zu gewähren. Sie darf allerdings bis Schulschluss (4. Juli 2008) bleiben, weil ihr der Innenminister bei »ihrem Abschluss des polytechnischen Lehrgangs nicht im Weg stehen will«. Von ihrer Mutter Nurie ist nie die Rede, in den Medien hat sich die Angelegenheit zu einem Der-Minister-und-das-Mädchen-Fall zugespitzt.

Für den Bundeskanzler Alfred Gusenbauer (SPÖ) war Platters Entscheidung zu respektieren und von ihm zu verantworten. Im Oktober hatte er noch gemeint: »Ich finde es grauslich, wenn Kinder abgeschoben und Familien zerrissen werden. Es hat keinen Sinn, Leute, die ewig im Land sind, nach Hause zu schicken.« Sein Vizekanzler Wilhelm Molterer (ÖVP) sah im Aufschub eine menschliche Entscheidung. Außerdem glaubte Molterer, dass der Fall weniger öffentliches Aufsehen erregt hätte, wenn es sich um einen »90-jährigen hässlichen Tschetschenen« handelte, was mir etwas Angst macht. So jemanden hätte man also ohne viel Trara abgeschoben? Was wollte der Vizekanzler damit sagen? Dass sich die Republik mit einem neunzigjährigen hässlichen Tschetschenen alles erlauben kann? Dann wünsche ich dem Vizekanzler, der sich selbst als zu hässlich für die Spitzenpolitik empfindet, aber nicht, selbst einmal zu einem 90-jährigen hässlichen Tschetschenen zu werden.

FPÖ-Chef Strache wendet sich generell gegen ein humanitäres Bleiberecht, spricht von NGO-Industrie, die nur Geschäfte machen wolle, und ortet einen Machtmissbrauch, um »unser heiliges Asylrecht« auszuhöhlen. Außerdem sieht er die Anarchie heraufdämmern, »wenn ein Teenager den Staat erfolgreich erpressen kann«.

Auch der ÖVP-Menschenrechtssprecher Wolfgang

Großruck unterstützt nun »voll« die Entscheidung des Innenministers, nachdem er zuvor für eine menschliche Lösung plädiert hat. Wer will schon seine Karriere wegen einer Flüchtlingsfamilie gefährden? Ist es da nicht menschlich, sich dem innerparteilichen Druck zu fügen, ist es nicht menschlich, zuerst auf sich selbst zu schauen? Auf das, was die Wähler wollen? Reicht nicht Natascha Kampusch, die auch wie aus dem Nichts vor der Nationalratswahl 2006 aufgetaucht ist, just als man den Bawag-Skandal spielen wollte, da braucht man nicht noch eine Arigona. Das muss man verstehen.

Jedenfalls hätte der Innenminister auch anders entscheiden können. Der Generalsekretär von Amnesty Österreich meint in der Tageszeitung *Der Standard*: »Arigona Zogajs Verwurzelung in Österreich ist so weit fortgeschritten, dass ihr ein Bleiberecht gewährt werden müsste.«

Doch für den Minister ist sie das nicht, er entscheidet anders, und für die beiden verbliebenen Zogajs bricht eine Welt zusammen. Nurie will nicht mehr essen und trinken. Alles ekelt sie an, das Brot, die Milch, die Butter – am liebsten möchte sie die ganze Welt herauskotzen. Arigona muss sie zum Essen zwingen. Jeden Tag fragt sich Nurie, warum sie aufstehen soll, warum sie sich anziehen, warum sie weiterleben soll. Schon der Gang zur Toilette verlangt ihr das Äußerste ab. Am liebsten würde sie nur noch im Bett bleiben und sich in ihren Träumen verbarrikadieren, in einer Zeit, in der sie als Kind über Wiesen gelaufen ist, das erste Mal das Meer gesehen, den ganzen Tag mit ihrer Puppe oder mit ihrer Freundin »Du musst dich entscheiden« gespielt hat. Entweder in einer Wanne voller Kuhfladen baden oder das Leichenwasser einer toten Fledermaus trinken? Entweder zwanzig rohe Regenwürmer essen oder sich das Gesicht mit Hundescheiße einschmieren? Entweder eine verschimmelte tote Maus abschlecken oder eine Hand voll Mehlwürmer essen? Im Erfinden von Grauslichkeiten waren sie begabt. Aber ihre jetzige Situation mit vier abgeschobenen Kindern, die von ihr verlangen, dass sie die Stellung hält, ist noch viel grauslicher. Beim »Du-musst-dich-entscheiden«-Spiel hat man die Wahl gehabt. Jetzt ist sie ohne Wahlmöglichkeit. Bleiben muss sie. Rühren darf sie sich nicht. Sie fühlt sich wie versteinert.

Sie versucht ihren Zustand vor der Tochter zu verbergen, wäscht sich mit kaltem Wasser, bevor Arigona von der Schule kommt, damit diese nicht die Verzweiflung in ihren tränenweichen Wangen sieht. Wenn sie, Nurie, allein zu Hause ist, muss sie die ganze Zeit die Fotos ihrer Kinder anschauen und weinen, bis ihr Kopf ganz kalt ist. Immer wieder träumt sie von den Polizisten bei der Abschiebung, immer wieder sieht sie die traurigen Augen ihrer Kinder, die fragen, wann sie die Hausübung fertig machen sollen, immer wieder die Verzweiflung ihres Mannes.

Wenn sie einen Polizeiwagen sieht, zuckt sie zusammen. Sie leidet unter Kopfschmerzen und Schlaflosigkeit. Befragt nach ihren Selbstmordgedanken, erzählt sie: »Ich hätte mich schon umgebracht, wenn ich die Gelegenheit dazu gehabt hätte, hätte ich die Pistole eines Polizisten genommen und zuerst die Kinder, dann mich selber getötet. Ich lebe nicht mehr lange, ich möchte nur noch einmal meine Kinder sehen, ich habe dieses Gefühl, ich möchte nicht weiterleben. Ich habe das Gesicht von meinen Kindern vergessen, nicht einmal träumen kann ich von ihnen. Es ist, als wären sie gestorben.« Wenn sie bei einem Spielplatz oder der Schule vorbeikommt, muss sie weinen. Wenn sie andere Kinder sieht, muss sie weinen.

Arigona hat sich nach der Entscheidung des Innenministers mit einer Schere am Bauch verletzt. Sie machte sich Vorwürfe, dass sie im Gespräch mit ihm nicht genauer darauf eingegangen war, wie schlecht es ihrer Familie im Kosovo gehen würde. Sie habe jedoch Angst vor ihm gehabt, deshalb habe sie mit ihm darüber nicht gesprochen. Nun wollte sie sich die Pulsadern aufschneiden, traute sich aber nicht, ihre Unterarme zu verletzen, weil das dann für jeden sichtbar gewesen wäre. Den 4. Juli 2008 sieht sie mit Bangen nahen. Sie ist wahrscheinlich das einzige schulpflichtige Kind Österreichs, das sich nicht auf die großen Ferien freut.

Die offizielle Begründung des Innenministeriums lautet: »Familie Zogaj reiste durch Schlepper geschützt im September 2002 in Österreich ein – zu einem Zeitpunkt, zu welchem bereits klar war, dass in Österreich keine Chance auf Asyl besteht, da der Vater zuvor bereits einen negativen Asylbescheid erhielt. Trotzdem wurden zwei – aussichtslose – Asylanträge gestellt. Dreimal wurden von der Familie der Verfassungsgerichtshof und Verwaltungsgerichtshof angerufen, wobei die Höchstgerichte stets negativ entschieden. Seit dem Einreisetag vor fünf Jahren ist der Familie bekannt, dass keine reelle Chance auf Asyl besteht. Seit 2004 kam die Familie einer rechtskräftigen und durchsetzbaren Ausreiseentscheidung nicht nach. Trotz einjähriger Frist für die Ausreise und großzügiger Unterstützung zur Rückkehr kam die Familie ihrer Ausreiseverpflichtung nicht nach. Trotz rechtskräftiger höchstgerichtlicher Asylentscheidungen und negativer höchstgerichtlicher humanitärer Aufenthaltsentscheidung wurden erneute aufenthaltsrechtliche Verfahren angestrengt. Es ist evident, dass starke Bindungen zum Heimatstaat bestehen, da sich große Teile der Familie im Kosovo befinden. Wirtschaftliche Gründe, nicht im Heimatland verbleiben zu wollen, sind kein Kriterium für den Aufenthalt und die Fortführung des Familienlebens in Österreich. Der Verfassungsgerichtshof stellt in ständiger Rechtsprechung fest, dass aus Artikel acht EMRK (Recht auf Familienleben) kein Recht auf Familienzusammenführung in einem bestimmten Land besteht.«

Recht muss Recht bleiben. Auch wenn Arigona mittlerweile kaum noch Albanisch spricht, den Kosovo vor allem mit Krieg verbindet und die angeblich großen Teile der Familie im Kosovo nur aus einer Großmutter bestehen, klingt die Argumentation der Abschiebungsbefürworter logisch. Die Zogajs waren immer illegal in Österreich und durften sich also nie erwarten, hierbleiben zu können. Im November 2002 wurde das Asylverfahren für alle Familienmitglieder negativ entschieden. Im Februar 2003 erging an den Vater der Ausweisungsbescheid. Im April 2005 forderte die Bezirkshauptmannschaft Vöcklabruck die Familie zur Ausreise bis 10. Mai 2005 auf. Die Familie stellte den Antrag auf Erstniederlassung aus humanitären Gründen. Im September 2005 lehnte das Innenministerium auch diesen Antrag ab. Im Mai 2007 wurde die Berufung abgelehnt.

Es hätte der Familie also immer klar sein müssen, dass sie keine Aufenthaltsbewilligung erhält. Aber ist es nicht normal, dass man hofft? Ist es nicht menschlich, sich einen guten Ausgang zu ersehnen? Einen Verfahrensfehler, ein Wunder oder den Zufall, einfach vergessen zu werden und hierbleiben zu können? Kann man es einem Menschen verübeln, wenn er nach einem besseren Leben strebt? Und was können die Kinder dafür, die hier aufgewachsen sind, in Österreich sozialisiert wurden und Freundschaften mit österreichischen Kindern geschlossen haben?

Frankenburg ist eine kleine Gemeinde im oberösterreichischen Hausruckviertel und vor allem wegen seiner Würfelspiele bekannt.

Während man in Firmen zunehmend Englisch spricht, man von »briefing«, »challenge«, »statements«, »wording«, »slot« und »treatments« spricht, die man »draftet«, reden die meisten Frankenburger in einem Dialekt, der b und w vertauscht, sich nur in Nuancen von Linz oder Wels unterscheidet, jedenfalls aber nichts Fränkisches besitzt, keine Vertauschung der harten und weichen Konsonanten. Die Frängische Schbrache mit ihren harden und weichen Gonsonanden ist eine Last … doch davon ist in Frankenburg (zu dem auch keiner Frangenburch sagt) nichts zu bemerken. Die Leute gehen in den Wald, um »Holz zu machen«, es ist nicht kalt, sondern »es war schon einmal wärmer«, und wenn man von jemandem in Ruhe gelassen werden will, heißt es »Reiß o, geh mi net an« oder »Ich werde mich rühren«. Ein Wettrennen ist »a Hatzerl«. Man spricht im oberösterreichischen Konjunktiv (wir wären jetzt da, ich darad nichts dagegen haben), neigt zu Thomas Bernhardschen Wiederholungen des Immergleichen und zur Sprachlosigkeit. Niemand lobt, es regiert der Satz »Nichts gesagt, ist gelobt genug«. Der Humor ist trocken, so sagt man etwa bei großer Hitze: »Heute ist es aber frisch.« Oder eine Frau sagt zu ihrem Mann im Rollstuhl: »Schön sitzen bleiben. Nicht davonlaufen.«

Wie überall in Oberösterreich sind die Männer entweder beim Fußballverein, bei der freiwilligen Feuerwehr oder der Blasmusik. In Oberösterreich gibt es mehr Blasmusikkapellen als Gemeinden. Die Philosophie konzentriert sich auf die Ernährung, die nirgendwo so wichtig ist wie in Oberösterreich. Da gibt es die Philosophie der Mohnnudeln (Kartoffelteigwuzerln oder Bandnudeln?), die Philosophie des Kartoffelsalates (mit Suppe oder Mayonnaise?), die Philosophie der Essigwurst (mit Knacker oder Extrawurst?) und unglaublich viele Knödel, die man hier Knödeln nennt (Marillen, Zwetschken, Pfirsich, Germ, Speck, Haschee, Grammel, Spinat, Tiroler – praktisch nichts, woraus man keine Knödel macht). Sogar die Menschen haben Knödelgesichter mit Knödelaugen, Knödelnasen, und auch die Bäuche gleichen großen weißen Knödeln. Man spielt Verspecken, legt sich einen Fettschichtpanzer zu, verbarrikadiert sich in sich selbst. Ich glaube aber nicht, dass die Menschen frustrierter oder ausländerfeindlicher sind als sonst wo in Europa. Aber sie sind Opfer des Geschäfts mit der Angst – wie überall. Innerlich sind die Österreicher Schneekugeln, die sich vor dem Durchschütteln fürchten. Es gibt für alles Regeln und Vorschriften, man lebt wie in einem Internat – oder wie zwischen zwei elektrisch geladenen Drähten, die jedes Ausscheren verhindern. Man bleibt sich selbst treu, was bedeutet, man entwickelt sich nicht, stellt sich nicht in Frage.

In Oberösterreich kommt hinzu, dass man sturköpfig und tatkräftig ist. So haben etwa die Einwohner der Gemeinde Thomasroith (unweit von Frankenburg) das historische Gebäude der ehemaligen Bergwerksdirektion gekauft und eigenhändig abgerissen, um zu verhindern, dass dort Asylanten untergebracht werden. Die Thomasroither wollten, wie sie sagten, eine saubere Lösung. Also haben sie aus lauter Angst ihr Wahrzeichen zerschlagen. Dass zum Zeitpunkt des Abrisses das Gebäude längst denkmalgeschützt und auch eine Unterbringung von Asylbewerbern (nach dem Widerstand der Bevölkerung) gar nicht mehr vorgesehen war, spielte dabei keine Rolle – es reichte schon die Möglichkeit. Der tapfere, für die drohende Asylantengefahr verantwortlich gemachte Bürgermeister bekam monatelang nächtliche Anrufe, Morddrohungen, sein Hund verschwand, sein Auto wurde zerkratzt, sein im Garten geparktes Wohnmobil beschädigt. Auch das ist Österreich. Land der Zwerge, Land der Keller, Land der Knödel mit Saft, Land der Teller. Land der großen Frauen...versteher.

Thomasroith ist eine Bergwerksgemeinde. Die Ahnen vieler Bewohner waren Böhmen, die hier als Hauer oder Steiger im Kohlebergbau Arbeit fanden. Sie hießen Dvorak, Blaha, Pospisil, Prokop, Sykora ... Ihre Nachkommen fühlen sich als echte Thomasroither, als Bewohner einer »edelharten« Gegend. Raue Schale, weicher Kern. Mit der Ansiedlung von Asylbewerbern (die Rede war von dreißig, vierzig, man befürchtete aber zweihundert) wäre der Ort durch seine eigene Phobie implodiert. Ein Polizist soll gesagt haben, er schaue weg, wenn man wen zusammenschlage, und er schaue auch weg, wenn man das Asylantenheim anzünde. Der Hass auf die (nie gekommenen) Asylanten war auch deshalb so immens, weil man mit ihnen eine Wertminderung der Eigenheime verband. Eine Alarmanlage und einen Wachhund hätte man anschaffen müssen, ferner einen Zaun, Sicherheitsschlösser, Lenkradsperren für die Autos.

Für die meisten waren Asylanten Gesindel, Kriminelle, Verbrecher. Außerdem ging von ihnen – der Arzt selbst soll es gesagt haben – Seuchengefahr aus. Man könne seine Kinder nicht mehr unbeaufsichtigt auf dem Spielplatz lassen, den Jugendlichen, die sich auf Feuerwehrfesten, Bällen und in Discos herumtrieben, würden Drogen angeboten, die

Wäsche könne man nicht mehr im Garten aufhängen, die Töchter würden vergewaltigt oder verführt werden, die Autos gestohlen, die Schrebergärten geplündert, die Haustiere verspeist, kurzum, die Asylanten würden das friedlichste Dorf in ein gefährliches, lebensunwertes, unter Quarantäne zu stellendes Ödland verwandeln.

Dabei hat hier niemand etwas gegen Fremde, solange sie kein Gesindel und vor der eigenen Haustüre sind. Hat man nicht während des Jugoslawienkrieges Millionen für die Nachbarn in Not gespendet? Und spendet man nicht auch jetzt für Karlheinz Böhm, die Caritas, Licht ins Dunkel und andere Organisationen – wenigstens vor Weihnachten. Warum? Um in Ruhe gelassen zu werden. Schließlich könne man nicht alle hereinlassen. Das Boot sei voll. Die meisten würden doch nur den Sozialstaat ausnützen, sechs Monate arbeiten und dann vom Arbeitslosengeld und der Sozialbeihilfe Frau, Eltern und acht, zwölf Kinder ernähren. Niemand würde Krankenkassenbeiträge zahlen, aber alle würden sich von den gut ausgebildeten österreichischen Ärzten behandeln lassen, so dass die Arztpraxen und Spitäler alle mit nicht Deutsch sprechenden, nach Knoblauch und Zwiebel riechenden Frauen mit Kopftuch und ihren schlecht angezogenen, rotzenden Kinder verstopft seien – meint zumindest eine Ärztin. Und tatsächlich waren bei meiner Hodenoperation im Allgemeinen Krankenhaus in Wien viele Ausländer. Nicht nur Patienten, auch Ärzte, Schwestern, Pfleger. Doch die sieht man nicht.

Man sieht, dass die Ausländer den Sozialstaat zusammenbrechen lassen. Und mit christlicher Nächstenliebe hat das gar nichts zu tun, sondern mit Logik. Selbst Jesus hat für sein Königreich, das nicht von dieser Welt war, nicht alle Grenzen öffnen können.

Freilich denkt man so fast überall. Vielleicht gibt es sogar irgendwo im Universum einen Planeten mit höher entwickelten, unsterblichen Wesen, die uns aus den gleichen xenophoben Gründen nicht an ihrem Glück teilhaben lassen wollen? Vielleicht ist sogar Gott, gegen den in Amerika kürzlich Klage eingereicht wurde, weil er für viele Kriege verantwortlich sei – wegen Unzustellbarkeit wurde sie abgewiesen –, vielleicht ist sogar Gott ein Fremdenfeind, der nur die Seinen in den Himmel lässt?

Vor der Küste Süditaliens ließ man aus lauter Hass und Angst ein in Seenot geratenes Flüchtlingsboot kentern. Die Leichen, die sich in den folgenden Monaten in den Fischernetzen verfingen, wurden zurück ins Meer geworfen. Gebilligt von der Dorfmehrheit wurde der Vorfall totgeschwiegen. Demokratie? Wenn sechs in einem Boot sitzen und fünf von ihnen beschließen, den sechsten rauszuwerfen, ist das zwar demokratisch, aber doch nicht rechtens.

Kann es sein, dass einzelne Menschen ein größeres Vermögen besitzen als ganze Staaten in Afrika? Darf es sein, dass 360 Dollarmillionäre so reich sind wie die ärmsten 2,5 Milliarden Menschen zusammen? 946 Menschen mehr als eine Milliarde Dollar Vermögen haben? Kann es sein, dass in 143 Ländern dieser Welt gefoltert wird, es an 140 Millionen Frauen Genitalverstümmelungen gibt, 250 Millionen Kinder unter 14 Jahren arbeiten müssen, eine Milliarde Menschen keinen Zugang zu sauberem Trinkwasser hat? Kann es sein, dass wir, die Angehörigen der westlichen Mittelschicht, das nur deshalb verdrängen, weil es uns selbst trotz Wirtschaftskrise noch immer ziemlich gut geht? Weil uns in den Touristenghettos dieser Welt vermittelt wird, dass es nirgendwo so schlimm ist? Kann es sein, dass wir die Fäulnis dieses Zustands genauso nicht wahrhaben wollen, wie die Menschen im Dritten Reich nichts von den Deportierten wissen wollten? Kann es sein, dass dieses System irgendwann zusammenbricht?

Dass man nicht Pfarrer oder Baron sein muss, um zu helfen, zeigt das Beispiel des Herrn A., der sich gemeinsam mit seiner Lebensgefährtin um drei von der Abschiebung bedrohte Kinder kümmert. Als die Fremdenpolizei den vom Krieg traumatisierten zehnjährigen Buben als Pfand mitnahm, versteckte Herr A. seine beiden Schwestern und verhinderte so eine Abschiebung der Familie (der Vater ist im Krieg gefallen, die Mutter arbeitet als Putzfrau). Für Herrn A. selbstverständlich, obwohl man ihm mit §115 (Beihilfe zu unerlaubtem Aufenthalt) gedroht hat. Jetzt gehen er, seine Lebensgefährtin und ihre Tochter, die eine Schulkollegin eines der beiden Mädchen ist, täglich mit den drei Kindern und der Mutter zur Polizei, um der Meldepflicht nachzukommen. Manchmal, sagt er, gehen sie auch statt ihrer hin, denn die Polizisten würden eh nur Köpfe zählen.

Ach, wenn mir's nur gruselte

Es ist ein kalter Februartag in Frankenburg, eine frostige Luft, die Bäume sind kahl, nur beim Kriegerdenkmal liegen grüne Kränze. Am Hauptplatz steht eine Reporterin, die die Stimmung im Ort recherchiert. Da sie kaum Auskunft erhält, die Leute nichts mehr sagen wollen, fragt sie mich. Ich spreche von meiner Bestürzung über den Meinungsumschwung in der Bevölkerung. Von den 10000 Euro Kopfgeld, die jemand ausgesetzt hat für denjenigen, der Arigona in den Kosovo bringt, erzähle ich nichts. Zwei Tage später wird in der Zeitung meine nie gemachte Aussage stehen: »Nun zeigen die Frankenburger ihr wahres Gesicht.«

Die Leute in der Konditorei sind reserviert. Die Reporterin meint, bei den Fischteichen seien ein paar Betrunkene, die sagen würden, was man so denkt. Die Fischer finde ich nicht, dafür aber in der Fischerhütte einen Gast, der sich nicht lange bitten lässt.

»Die Moslems züchten wie die Katzen«, sagt er. »Wenn es ginge, dreimal im Jahr, aber leider ist das weibische Geschlecht so gebaut, dass es nur einmal geht. Die zweitgrößte Gemeinschaft ist die Moslemgemeinschaft, früher waren sie an vierter, fünfter Stelle. Ich mag nicht Moslem werden. Ich mag auch keine verschleierten Weiber – deswegen bin ich noch lange kein Nudist. Dabei denk ich gar nicht an mich, aber an meine Kinder, Enkelkinder, da denk ich vor.

So ist das. Das sollen sie alle Tage im Radio sagen, wo sie uns schon seit sechzig Jahren die Ohren vollstopfen mit ihrer Aufarbeitung. Aber heute darfst du nichts mehr sagen, bist sofort ein Hitler-Anhänger. Ich bin weder der noch der, aber nicht für Aufarbeitung. Wo kommen wir da hin. Unsere Väter haben einen Haufen mitgemacht, und die Jugend heute lernt, dass das die Sündenböcke sind. Ich sag ehrlich, was ich denke. Was die Soldaten da oft mitgemacht haben, Partisaneneinsätze, da ist bestialisch gemordet worden, Schwanz abgeschnitten. Da wäre Mauthausen besser gewesen, das hat mein Vater oft gesagt. Und erst Dresden. Mein Vater war dort – in der Nähe. Ganz Dresden hat gebrannt, bis kein Sauerstoff mehr da war. Heute sagt der Amerikaner, der Schwerverbrecher, 40 000 Tote, der Vater sagt 200 000 Tote, und der wird es wissen, weil der war dort – in der Nähe.«

Und Arigona? »Die kenn ich nicht so, aber ein Grippl ist sie bestimmt.« Grippl meint hier weniger Krüppel, sondern einen verschlagenen, unehrlichen Menschen. »Das mit dem Selbstmord war ein Bluff. Wenn ich sage, ich bring mich um, komm ich ins Narrenhaus – nicht in die Zeitung.«

Welch Zufall, dass im Radio gerade Nachrichten laufen und die Sprecherin sagt, dass die zweithäufigste Todesursache bei Jugendlichen Selbstmord ist. »In jedem vierten Bett der Landesnervenklinik liegt ein Minderjähriger, der sich umbringen wollte. Die Wahrscheinlichkeit, dass ein Jugendlicher schon einmal an Selbstmord gedacht hat, liegt zwischen 19 und 44 Prozent. Die häufigsten Ursachen sind Schulstress, Mobbing oder Scheidung der Eltern.« Es folgt die Mitteilung: »Gott wird zum vierten Mal Vater und heiratet wieder.« Ein kurzer Bericht über den tschechischen Sänger Karel Gott, dann die Wetterprognose, feucht und kalt, und Connie Francis, die singt: »Schöner fremder Mann ...«

Die Guten ins Töpfchen, die Schlechten ins Kröpfchen

Ungenach ist das oberösterreichische Klagenfurt. Braune Kühe liegen hinter elektrisch geladenen Drähten. Mädchen mit entblößten Arschgeweihen kichern, ein Mann steigt aus einem Bagger, man sieht sein Bauarbeiterdekolleté. In der Ferne bellt ein Hund, Saatkrähen fliegen auf, und eine Mutter brüllt ihr Kind an: »Wie heißt das Zauberwort? Wie heißt das Zauberwort?« Am liebsten würde man hingehen und sagen: »Bitte, nicht so laut.«

In Ungenach gibt es eine der schärfsten Kurven (vulgo

Schreamsen) des österreichischen Straßenverkehrs. Ins angrenzende Haus stürzen sich die Autos wie Fliegen in eine offene Wunde. Nicht allzu weit davon entfernt steht das Pfarramt, das an einen in den siebziger Jahren umgebauten Bauernhof erinnert, große beige Bodenfliesen, eine Garderobe aus Eichenfurnier, Türen mit großen Glaseinsätzen. In der Stube ein Gekreuzigter mit tomatenroten Wunden. Es riecht nach heißem Fett, nach den Leiden Christi, in Schmalz herausgebacken.

Der Pfarrer ist ein sympathischer Mann. Keine hohe Stirn, keine Benediktinerwampe und auch kein Akzent wie der polnische Pfarrer, der bei Hochzeiten sagt: »Was Gott zusammengefickt hat, das soll der Mensch nicht trennen.« Josef Friedl sieht ein bisschen wie der gütige große Bruder des Innenministers aus. Trotz Fastenzeit stehen Knabbersachen auf dem Tisch. Er schenkt Mineralwasser ein (ein billiges, ich denke an den Baron) und meint mit ruhiger Stimme: »Jetzt sind Arigona und Nurie Freiwild.«

Er hat das auch dem Innenminister gesagt. Seit der den humanitären Aufenthalt abgelehnt hat, sind die bösen Geister wachgerufen. Er, der Pfarrer, hat den Minister auch gefragt, ob er ihren Tod verantworten könne. Ob er die Zehn Gebote kenne? Da ist er blass geworden, der Innenminister.

Man hat ihm, dem Pfarrer, Geld angeboten, wenn er die beiden in den Kosovo bringt. Das hat er selbstverständlich abgelehnt.

Er glaubt aber nicht mehr, dass man Arigona und ihre Mutter noch abschieben wird, vielmehr will man sie aushungern. Sie existieren nicht in Österreich, rechtlich sind sie gar nicht da, können hier nicht arbeiten, dürfen keine Unterstützung bekommen, keine Ausbildung machen.

Also rechnet man damit, dass die Mutter aufgibt, es ohne ihre Kinder nicht mehr lange aushält. Daran kann man auch sterben, seufzte der Pfarrer, an gebrochenem Herzen. Durch die Hölle geht man jetzt.

Einmal sind Reporter des Nachrichtenmagazins *profil* da gewesen, die gemeint haben, sie bekommen ein Exklusivinterview, wovon aber nie die Rede gewesen sei. Also hat man das ganze Interview gestrichen und einen negativen Bericht daraus gemacht. Typisch. Zum Glück steht der Pfarrgemeinderat hinter ihm, auch der Bischof stärkt ihm den Rücken, immerhin hat es Anfeindungen gegeben, einige sind aus der Kirche ausgetreten, weil er, Pfarrer Friedl, sich um Arigona und ihre Mutter gekümmert hat. Anrufe hat er bekommen, Leute, die sich damit vorstellten, dass sie eigentlich sehr gläubig seien, aber die Arigona-Sache sei eine Sauerei, das Hurenkind müsse verschwinden, der Pfarrhof werde durch diese Moslemgfraster entweiht, er, der Pfarrer, müsse des Teufels sein, schließlich gebe Gott den Seinen – und selbst, wenn er die speise, die gar keinen Hunger hätten, brauche man sich als Pfarrer nicht einzubilden, daran etwas ändern zu müssen. Grüß Gott.

Das Schlimmste ist die Verlogenheit, die Scheinheiligkeit, bei der er nicht mehr mittun kann. So ist es ihm nun nicht mehr möglich, bei Weihnachtsfeiern fromme Reden von der Herbergssuche zu halten und gleichzeitig von der Ablehnung gegenüber Arigona zu wissen. Nein, ein Wunder ist nicht geschehen, aber die christliche Nächstenliebe, dieses schlafende Tier, wurde geweckt, aus seiner Höhle gelockt, und jetzt muss sie sich zeigen – oder auch nicht.

Aber letztlich hängt alles von der Politik ab – und mit der ist es ein Kreuz –, von den schmalen Zeitfenstern, die es zwischen den Wahlen gibt, hängt alles ab. Niemand sagt noch seine Meinung, nur noch das, von dem er glaubt, dass es ihm nützt. Der Pfarrer seufzt. Ob er die mediale Aufmerksamkeit genießt? Zumindest kann er zeigen, dass seine Kirche auch etwas anderes kann, als gegen die Abtreibung wettern.

Es war so finster und auch so bitterkalt

Im Mai 2008 reist ein Vermittler des Innenministeriums in den Kosovo, um dem Vater Unterstützung anzubieten, es ist von einer Wohnung und Hilfe bei der Arbeitssuche die Rede, wenn im Gegenzug Nurie und Arigona freiwillig in den Kosovo zurückkehren. Es scheint, als wäre dem Innenminister jedes Mittel recht, um sein Gesicht zu wahren. Bilder von einer abgeführten Minderjährigen, die das Mitleid der Menschen erregt, kann er nicht brauchen. Nachgeben kann er aber auch nicht mehr.

Devat Zogaj scheint den Angeboten des österreichischen Innenministeriums nicht zu trauen. Arigona erzählt später, man habe ihn aufgefordert, einen Kredit über 100 000 Euro aufzunehmen. Wie soll er den jemals zurückzahlen? Im Kosovo verdient man zwei-, dreihundert Euro monatlich. Devat ist verzweifelt. Er verlässt seine Kinder und taucht unter. Zuerst heißt es, er sei auf Arbeitssuche in Priština, dann, er befinde sich bei einer anderen Frau in Montenegro. Vielleicht ist ihm auch etwas zugestoßen? In jedem Fall ist spätestens jetzt klar, dass durch die Unnachgiebigkeit eines christlichsozialen Ministers die Familie Zogaj vollständig zerrüttet worden ist.

Nurie ist aufgrund der drohenden Abschiebung und der Trennung von ihren Kindern verzweifelt. Das Verschwinden ihres Mannes gibt ihr den Rest. Am Pfingstsonntag sperrt sie sich in ihrer Wohnung im Schloss Frein ein und beschließt, sich die Pulsadern aufzuschneiden.

Als Arigona heimkommt und ihr niemand öffnet, spürt sie, dass etwas geschehen ist. Sie läuft um das Haus herum, blickt durch das Milchglas des Küchenfensters und kann nichts erkennen. »Mama, wo bist du?«, brüllt sie, doch niemand antwortet, nur eine fette Bauernkatze miaut, Raben schreien ihr Hohngelächter in den Himmel. Im Hintergrund vibriert das Tuckern eines Traktors, das Kreischen einer Kreissäge ist zu hören. »Mama? Mama, geht's dir gut?« Sie läuft zurück zur Tür, reißt die Werbeprospekte der Diskonter aus dem Briefschlitz, die Billigangebote für Laptops, Bohrmaschinen, Flachbildfernseher, Nilkreuzfahrten und all die anderen Dinge, die sie sich doch nicht leisten können.

So unerwünscht kann man gar nicht sein, dass einem die Werbung nichts verkaufen will. Arigona hebt die Klappe und blickt durch den Schlitz. Sie erkennt die Tischbeine, auf dem Boden liegende Zeitungen und die Beine ihrer Mutter, den Schoß, aus dem Arigona und ihre vier Geschwister gekommen sind, daneben eine leblos herabhängende Hand, von der ein roter Blutfaden läuft. Das Mädchen weiß sofort, was los ist.

Zu Hilfe geeilte Nachbarn heben die Tür aus den Angeln und verständigen die Rettung. Nurie ist ganz bleich, wie eine weiße Seerose auf einem roten Teich sitzt sie inmitten einer Blutlache. Die linke Hand hängt herab, in die rechte hat sie ein Familienfoto aus besseren Tagen gepresst. Auf ihrem Knie liegt eine scharfe Klinge. Wo hat sie die her? Sind nicht vorsichtshalber alle Scheren und scharfen Messer entfernt worden?

Der Rettung gelingt es, sie zu stabilisieren. Als sie wieder zu sich kommt, beginnt sie albanische Kinderlieder zu singen. Sie glaubt, sie ist im Himmel. Dann sieht sie die Krankenschwester von den Philippinen und das helle, weiße Zimmer. Eine Mitpatientin starrt in den Fernseher, es läuft eine Telenovela namens »Reich und schön«.

Die gute Fee

Österreichische Zeitungen machen Verbrecher – nicht nur durch Schlagzeilen. In Österreich kann man nämlich die Sonntagszeitungen aus den landesweit aufgehängten Plastiktaschen ziehen, ohne dafür Geld in die Büchse zu werfen. Auch wenn die Zeitungen immer wieder mit Kontrollen drohen, gibt es nur wenige, die den vollen Preis entrichten. Manche zahlen gar nichts, andere nur einen Teil, während wieder andere Knöpfe oder alte Lira einwerfen. Seit ich als Kind die Sonntagszeitungen für meine Eltern und Verwandten holen durfte, bin ich ein Zeitungsfetischist und Dieb. Zeitungen machen Verbrecher – und sie machen schmutzig, zumindest die Illustrierten *News* und *profil*, von denen wird man nämlich im wahrsten Sinn des Wortes angeschwärzt, geht doch beim Lesen die Druckerschwärze ab und legt sich auf die Finger. Und inhaltlich? Wird man auch als Leser mitschuldig an der Anschwärzung von Menschen?

Am 2. Juni 2008 zitiert sich Chefredakteur Christian Rainer im *profil*-Leitartikel selbst: »Die Angelegenheit Arigona ist vor allem kitschig. Wer Leid lindern will, soll sich auf die schweren Fälle werfen, sei es in Österreich, sei es im Ausland, und nicht auf dieses so mediengerechte Drama.«

Seine zynische Schlussfolgerung: »Nigeria statt Kosovo.« Auf der nächsten Seite sieht man als »Foto der Woche« Jörg Haider mit jugendlichen Biertrinkern beim GTI-Treffen im kärntnerischen Reifnitz. Die Burschen tragen alle T-Shirts mit der Aufschrift »Koks und Nutten«, nur bei einem steht: »Der beste Sex im VR6: Nur über 1,3 Bar blasen.« Auch das ist Österreich. Gooble gobble.

Für denselben Tag hat der beliebte Schauspieler und Moderator Alfons Haider (nicht verwandt mit Jörg), der bereits an der Frankenburger Kundgebung teilgenommen hat und darüber hinaus die Patenschaft Arigonas übernehmen und ihr die Ausbildung finanzieren will, in Wien ein Interview mit der Illustrierten *News* organisiert. Anschließend gehen sie ins »Schweizerhaus«, ein Lokal im Wurstelprater. Das »Schweizerhaus« ist bekannt für frisch gezapftes Budweiser und gegrillte Schweinsstelzen, die, wie der Baron meint, wegen der großen Nachfrage neuerdings vorgekocht werden und daher nicht mehr so schmackhaft wie früher sind. Arigona ist Muslimin. Aber wenn sie Bier trinkt und Schweinshaxe isst, wird sie eine von uns und kann nicht mehr abgeschoben werden. Gooble gobble.

Arigona trinkt also Bier und raucht. Alfons Haider raunt ihr zu: »Wenn du dableiben darfst, musst du aber mit dem Rauchen aufhören.« Chris Müller, der Organisator der Frankenburger Kundgebung, bezeichnet ihn spaßeshalber als »Geilisten«. Während nämlich Alfons Haider erst eine Stelze und dann Marillenknödel verzehrt, sagt Müller, der Arigona nach Frankenburg zurückbringen soll, dass ihm die Schweinshaxe zu fett sei. Allenfalls Büffelmozzarella ließe er sich einreden. Darauf Haider: »Dann setz dich doch auf meinen Schoß, und ich zeige dir, wo der Büffelmozzarella hängt.«

Wie passen solche Aussprüche zu jemandem, der sich als einer von wenigen öffentlich für Arigona einsetzt? Im zwei Tage später erscheinenden *News*-Interview fordert derselbe Alfons Haider den Innenminister auf, Gnade vor Recht ergehen zu lassen. »Das ist längst kein normaler Asylfall mehr, sondern eine menschliche Tragödie, eine Familie, die nicht nur auseinandergerissen, sondern völlig zerrissen ist. Was muss denn noch alles passieren …?« Und er sagt auch, dass er sich mit seiner Patenschaft für Arigona viele Feinde gemacht, unzählige Beschimpfungen und nur wenig Lob erhalten hat. Alfons Haider ist ein Mensch mit Haltung, eine gute Fee. Sein Outing als Schwuler hat seine Klientel, die ihn als braven Schwiegersohn liebt, ordentlich verunsichert. Er stand und steht dazu.

Vielleicht weil er vorher beim Interview den Gutmenschen spielen musste, zeigt er nachher seine Prollseite. Stecken nicht in jedem Menschen beide Pole? Der Gutmensch und der vulgäre Egomane? Der altruistische Idealist und der Prolet? Kann nicht jeder von sich sagen: Zwischen mir und meiner Nase steht mein Name? Haben nicht auch Zeitschriften zwei Seiten, wollen einerseits etwas zum Positiven verändern, andererseits um jeden Preis die Auflage erhöhen?

Ich selbst bin, seit ich mich einmal abfällig über diese Illustrierte geäußert habe, für *News* Persona non grata. Ein einziger Essay hat gereicht, damit mich das Blatt nicht mehr erwähnt. Wenn Reporter, die davon nichts wissen, sich dennoch einen Termin mit mir ausmachen, sagen sie zwei Tage später mit Bedauern ab, entschuldigen sich und sagen: »Persönlich tut mir das sehr leid, aber die Chefetage will Sie nicht.« Egal. Ich bin sogar ein bisschen stolz darauf. Bedenklich wird es aber, wenn TV-Darsteller, weil ihnen einmal das Geimpfte aufgegangen ist und sie über den öffentlich-rechtlichen Rundfunk geschimpft haben, ORF-Verbot erhalten. Das ist Berufsverbot. Auch das gibt es in Österreich. Gooble gobble.

Ich schrappe Därme, mein Kind,
morgen schrapp ich eure auch

Wenn der Mond aufgeht, erscheint er größer, als wenn er nachts am Himmel steht, was angeblich nicht an der Erdkrümmung, sondern an den Bezugspunkten liegt, den Bäumen, Dächern und Strommasten. Bei den Menschen ist es umgekehrt, sie erscheinen kleiner, wenn sie in der Nähe sind.

In Argentinien bin ich einmal mit dem Sänger von »Metallica« in einem Hotelpool gelegen. So einen biederen Familienmenschen habe ich noch nie gesehen. Vielleicht fördert die Rolle, die man in der Öffentlichkeit spielt, privat das Gegenteil? Wilde Musiker gehen joggen, machen Yoga, trinken grünen Tee, und sozial Engagierte sehen sich im Internet abstruse Seiten an. Ist nicht jeder Mensch inhomogen und bigott gegenüber seiner eigenen Fassade? Erscheint nicht jeder Mensch wie der Mond manchmal groß und manchmal klein?

Vielleicht ist die Forderung nach tadellosen Gutmenschen ein Blödsinn, eine Verlängerung des Christentums? Stimmt es nicht eher, dass auch Gutmenschen niedere Triebe haben, manchmal seicht oder pervers sein wollen? Aber ändert das etwas an der Richtigkeit ihrer Bemühungen, ein guter Mensch zu sein? Ist es nicht umgekehrt so, dass wir es uns zu leicht machen, wenn wir alles schlechtreden, nur weil wir einen kleinen Makel sehen? Aber ist umgekehrt nicht auch die das Denken vorschreibende (oder verbietende) politische Korrektheit reaktionär?

Im November 1999 fand auf dem Wiener Stephansplatz eine Großkundgebung gegen Rassismus statt, an der auch die beliebte Schauspielerin Marianne Mendt teilnehmen sollte. Nun kam es, dass eine Gruppe afrikanischer Dichter die festgelegte Redezeit bei Weitem überzog, was die Frau Schauspielerin veranlasste, sie von der Bühne hinunterkomplimentieren zu lassen, weil nämlich sonst sie, die beliebte Schauspielerin, nicht mehr in den Hauptnachrichten vorgekommen wäre. Wie der Klöppel in Mendts Lied von der »Glock'n« pendelten die jungen Gehilfinnen der Fernsehberühmtheit zwischen der Bühne und der immer aufgebrachteren Schauspielerin, die lautstark ihren Auftritt forderte. Dabei engagierten sich die Schwarzen für Marcus Omofuma, der während seiner Abschiebung in einem Flugzeug erstickt war. Die Vollzugsbeamten hatten ihm den Mund mit Klebeband verschlossen.

Man wirft Prominenten oft vor, sie würden ihr soziales Engagement in erster Linie betreiben, um ihre Popularität zu steigern, sich beliebt zu machen. Ist das nicht selbstverständlich? Gibt es reine Nächstenliebe? Erwartet nicht jeder etwas Dankbarkeit – wenigstens von Gott? Wenn Prominente eine Unterschriftenaktion starten, ist das zwar gut gemeint, aber zugleich (wie man in Oberösterreich sagt) unnötig wie ein Kropf, weil diese Listen kein persönliches Engagement voraussetzen und in der Regel nicht ernst genommen werden, weil für die Unterzeichner außer dem guten Ruf nicht viel auf dem Spiel steht.

In den achtziger Jahren etwa haben sich zahlreiche Prominente (u. a. Ernst Jandl und Elfriede Jelinek) für eine vorzeitige Entlassung des als Häfenpoet bekannt gewordenen Jack Unterweger eingesetzt. Als er wenige Jahre später als Serienmörder verdächtigt und schließlich verurteilt wurde, wollte niemand mehr etwas mit ihm zu tun haben, geschweige denn die teilweise dubiosen Beweise für seine Schuld hinterfragen. Zu massiv war die Vorverurteilung in den Medien gewesen. Zeitungen machen Verbrecher. Zeitungen schwärzen an.

Ach wie gut, dass niemand weiß,
dass ich Rumpelstilzchen heiß

Am 4. Juni 2008 findet in Altach ein Spiel von »Das Match« gegen die »Match«-Mannschaft der Schweiz statt. Eine Doku-Soap-Mannschaft, in der ich zwei Tage lang mittrainieren durfte – ehe man mich rauswählte. Nun ertappe ich mich dabei, wie ich den Österreichern eine hohe Niederlage wünsche und überlege, ob auch ausgebootete, nicht nominierte Spieler bei der ebenfalls dieser Tage beginnenden Fußball-Europameisterschaft ihren Mannschaften ein schlechtes Abschneiden wünschen. Wahrscheinlich. Nun sind solche Gedanken nicht nur unkollegial, sondern auch tabuisiert. Kein Sportler wird sich öffentlich dazu bekennen. Trotzdem existieren sie – so wie der Fremdenhass. Man will, dass es anderen Menschen schlechter geht als einem selbst. Man will das eigene geglückte Leben durch das Unglück anderer erhöht wissen.

Laut Einstein altert der Mensch langsamer, wenn er in Bewegung ist, was dazu geführt hat, dass die Leute wild herumjetten. Es ist wie in der österreichischen Politik, wo die Funktionalität den Sinn längst überholt hat. Die normative Kraft des Faktischen.

Ende Juni 2008 tritt, um in Bewegung zu bleiben, Innenminister Günther Platter zurück, um Landeshauptmann in Tirol zu werden. Seine unnachgiebige, zu Beton rührende Haltung im »Fall Arigona« hat ihm nicht geschadet. Als seine Nachfolgerin wird die aus einer Dynastie von Kiesgrubenbesitzern stammende und daher den Beinamen »Schottermizzi« tragende Maria Fekter bestellt. Ihr erster Kommentar zu Arigona lautet: »Es wäre falsch, ein humanitäres Bleiberecht aufgrund medialer Aufmerksamkeit zu formulieren. Das wäre für alle Geduldigen ungerecht und rechtsstaatlich bedenklich.« (*Die Presse,* 28. Juni 2008). Auch das klingt nach Beton. Wenn man sich äußerlich so viel bewegt, kann man innen schnell erstarren.

Platters Vorgängerin im Innenministerium war Liese Prokop, eine sympathisch wirkende Frau, Exsportlerin, von der man sich vorstellen konnte, dass ihre Neffen und Nichten (unter anderem der Exskirennfahrer Thomas Sykora) sie Tantula Tarantula oder Liesipisi gerufen haben. Wie eine liebe Tante hat sie, die während eines Spaziergangs am Silvesterabend 2006 verstarb, gewirkt – und gleichzeitig restriktiven Fremden- und Asylgesetzen das Wort geredet. Wenn heute die Fremdenpolizei annimmt, dass ein Asylverfahren negativ verläuft, kann sie den Asylbewerber gleich bis zu zehn Monate in Schubhaft nehmen. Bei der Einreise wird nicht mehr geprüft, ob jemand gefoltert, misshandelt oder verfolgt worden ist, sondern nur, ob Österreich überhaupt zuständig ist; normalerweise nicht, weil es immer ein EU-Land oder ein sicheres Drittland ist, über das die Einreise erfolgte.

In der Praxis werden Familien, die in ihrer Heimat oft Schreckliches erleiden mussten, in Österreich sofort auseinandergerissen. Der Vater kommt in Schubhaft, die restliche Familie in ein Asylantenheim. Während Liese Prokops Amtszeit wurde auch veranlasst, dass ein in Hungerstreik getretener Schubhäftling (getreten im doppelten Sinn) zwangsernährt werden darf. Zwangsernährung hört sich harmlos an, dabei werden einem die Kiefer auseinandergezwungen, und ein Schlauch wird in die Speiseröhre gestoßen. Unter Frau Prokop wurden die humanitären Aufenthaltsbewilligungen eingeschränkt, die Beihilfe zu unbefugtem Aufenthalt wurde strafbar.

Zur gleichen Zeit ließ ihr Mann, Gunnar Prokop, als Manager der Damenhandballmannschaft Hypo Niederösterreich osteuropäische und asiatische Spielerinnen einbürgern, um mit ihnen, wie zeitweise auch mit der Nationalmannschaft, von Erfolg zu Erfolg zu eilen. Liesipisi, die Innenministerin, die manchmal den Eindruck machte, als hätte sie in ihrer Zeit als Sportlerin zu viele Hormonpräparate eingenommen, wollte doch nicht etwa ihren Mann kriminalisieren?

Heute trägt ein Frauenpreis ihren Namen, der 2007 wie zum Hohn, um die Bigotterie der Gesellschaft auf die Spitze zu treiben, an eine Flüchtlingshelferin verliehen wurde. Kann man das Wirken eines Menschen, der so viele grausame Gesetze mitinitiiert hat, noch grober verfälschen? Keiner von denen, die sich für Asylbewerber engagieren, hat der Ministerin Prokop auch nur eine Träne nachgeweint. Auch der Baron, stelle ich mir vor, hat derart überschwänglich »Lass uns jauchzen, es geschehen Wunder in dieser heiligen Nacht« frohlockt, dass seine Frau ganz ängstlich wurde, sie de mortuis nihil nisi bene sagte, sonst trifft uns die Rache Gottes, erschlägt dich noch ein Blitz.

Im Sport hat Österreich kein Problem damit, erfolgreiche Ausländer einzubürgern und anzufeuern. Es gibt chinesische Tischtennisspieler, russische Langläufer, kroatische Schwimmer, serbische Boxer. Nur im Fußball tut man sich schwer, einen Dunkelhäutigen zu akzeptieren. Während sonst fast jede Nationalmannschaft, die bei der Europameisterschaft 2008 mitwirkte, zumindest einen Schwarzen in ihren Reihen hatte, ist so etwas in Österreich wohl nur dann denkbar, wenn er den Namen des Herausgebers der *Kronen Zeitung* trägt. Aber wie viele Brasilianer gibt es schon, die Dichand heißen?

Für die Xenophobie der *Kronen Zeitung*, der mit Abstand auflagenstärksten und unbeweglichsten Zeitung Österreichs, die ihre Leser langsam zu den Troglodyten macht, die sie so gerne wären, war 2008 kein gutes Jahr. Kann man sonst mit nigerianischen Drogendealern, rumänischen Taschendieben und ukrainischen Einbrecherbanden Ängste schüren, so waren es 2008 vor allem österreichische Täter, die sich in den Schlagzeilen abwechselten: erst der Fall Amstetten, wo ein Mann seine Tochter 24 Jahre lang im Keller wie eine Sklavin hielt und sieben Kinder mit ihr zeugte, dann ein Axtmörder, der Frau, Kind, Eltern und Schwiegervater tötete, außerdem ein Frühpensionist, der seine Geschwister samt ihren Ehepartnern niederschoss. Auch das ist Österreich. Land der Zwerge, Land der Keller. Land der Knödel mit Saft, Land der Teller. Land der großen Frauen...versteher.

Am 16. Juli 2008 steigt das Fußballspiel Österreich gegen Deutschland. Austria träumt von einem neuen Córdoba. Die Brauerei Ottakringer hat jedem österreichischen Spieler, der ein Tor erzielt, Bier bis an sein Lebensende versprochen.

Ich fliege, um in Bewegung zu bleiben, von Berlin nach Wien, sitze inmitten von Deutschen, die alle *Bild-Zeitung* lesen. Auf der Titelseite prangt: »Auf Wiedersehen, ihr Ösi-Würstchen. Heute verputzen wir euch.«

Tags zuvor bin ich beim Zappen durch das Fernsehuniversum bei einer Diskussion über die Einbürgerung in Deutschland hängen geblieben. Eine türkische Immigrantin wunderte sich, warum man bei der Einbürgerung nicht zumindest einen Blumenstrauß bekommt, einem niemand sagt: »Hurra, wir freuen uns, dass Sie einer von uns werden wollen.« So etwas wäre in Österreich undenkbar. Um wie viel fortschrittlicher und multikultureller ist man doch in Deutschland. In den siebziger Jahren herrschten noch ungebrochene Klischeebilder, verkörpert durch Gestalten wie Roberto Blanco (der Paradeschwarze), Karel Gott (Paradetscheche), Nana Mouskouri (Paradegriechin), Rudi Carrell (Paradeholländer), Mireille Mathieu (Paradefranzösin), Ivan Rebroff (Paraderusse), Wencke Myhre (Paradeskandinavierin), Julio Iglesias (Paradespanier) und Hans Rosenthal (Paradejude). Ihnen stand das deutsche Konzentrat Heino gegenüber, der das Deutschsein gleichermaßen verkörperte wie ad absurdum führte.

In Österreich hat man noch immer Angst, die anderen, die Türken, die Slowenen, die Moslems, könnten eines Tages das Land übernehmen und die Österreicher versklaven.

Die Österreicher, fürchten die Österreicher, die alle Czerny, Prohaska, Zilk, Kalina, Novotny, Belovic, Spera oder ähnlich heißen, werden aussterben. Daher braucht es ein Artenschutzprogramm für Österreicher, sonst sind sie irgendwann verschwunden.

Schon bald werden die Europäer aussehen wie die Menschen der United Colors of Benetton, schon bald werden die meisten in Konzernen arbeiten, die das Nationalitätsgefühl ersetzen. Staaten wird es nicht mehr geben, die Religion wird ersetzt sein durch Luxus, das Geschlecht durch Drogen. »Auf Wiedersehen, ihr Ösi-Würstchen. Heute verputzen wir euch.«

Zum Entsetzen aller Rechten und Neonazis wird die deutsche Rasse – falls es so etwas überhaupt jemals gegeben hat – verschwinden. Aber verschwindet deshalb auch das Deutschsein, das Österreichersein? Sind nicht die Immigranten meist die besseren Deutschen oder Österreicher? Sind im Laufe der vergangenen 10 000 Jahre nicht ständig Völker verschwunden, in anderen aufgegangen? War diese Angst, dass nicht alles so bleibt, wie es ist, man selbst mit der Entwicklung nicht mehr Schritt halten kann, nicht in allen Zeiten zu beobachten? Aber wollen wir nicht alle manchmal Nazi sein? Einer Welt mit einer klaren Wertehierarchie angehören. Besteht nicht die unbestreitbare Attraktion des Rassismus darin, dass man sich selbst als etwas Besseres fühlt? Als ein vom Schicksal Begünstigter? Vielleicht werden in ein paar hundert Jahren die mit den schmalsten Nasen die Herrenmenschen sein? Oder die mit den meisten Warzen? Die mit sechs Zehen? Oder die mit der größten Zahnlücke?

Sind wir zu unbeweglich? Jemand hat ausgerechnet, dass ein Pilot, der in seinem Berufsleben 20 000 Flugstunden absolviert hat, gerade einmal fünf Sekunden Lebenszeit gewinnt. Andererseits gibt es die Unendlichkeit, strahlt nach der Theorie der Halbwertszeit eine Sache, die einmal da gewesen ist, bis in alle Ewigkeit – auch wenn das irgendwann einmal nicht mehr messbar ist. Vielleicht gibt es die Halbwertszeit auch für die Immigration? Den Fremdenhass?

Juli 2008. Ein Gutachten bestätigt, dass Arigonas Mutter aufgrund ihres psychischen Zustands nicht transportfähig ist. Die Abschiebung wird ausgesetzt. Für die kleinen Kinder im Kosovo besteht Hoffnung, dass sie mit einem Schülervisum bald wieder nach Österreich dürfen.

Chris Müller erzählt, dass Natascha Kampusch für ein großes *News*-Interview Arigona treffen will. »Das ist wie Batman und Superman«, sagt er.

Im Sommer findet das Treffen der beiden Märchenfiguren tatsächlich statt. Schneewittchen und Dornröschen. Sie sehen im Kino »Sex and the City«, gehen gemeinsam essen und shoppen. Arigona staunt, wie viel die Kampusch verschlingt, auch dass sie ihr nicht in die Augen sieht und der Manager nicht von ihrer Seite weicht, irritiert sie. Arigona will ihr den Witz erzählen, was sie beide gemeinsam haben, traut sich aber nicht.

Es war einmal

Die Asylanten sind die Rechtlosen dieser Zeit. An ihnen wird man dereinst einmal unsere Gesellschaft messen. In Österreich warteten Ende 2007 zirka 2800 Menschen länger als fünf Jahre auf eine Aufenthaltsgenehmigung, 4500 warteten länger als drei Jahre. Die Zahl der Asylanträge ging von 39354 (2002) auf 11879 (2007) zurück. In Spanien wurden seit 2004 750000 Illegale legalisiert, Voraussetzung: zwei Jahre Aufenthalt. In Italien wurden 700000 legalisiert, Voraussetzung: Anmeldung durch den Arbeitgeber. In Frankreich 80000, in Belgien 40000. Und Österreich? Sind wir wirklich voll? Oder gilt der Satz der AUA-Stewardess, die auf diese Frage sagte: »Ja, mit Löchern sind wir voll.«

Und der Baron? Er erzählt von Nurie, die nicht weiß, mit wem sie reden, was sie machen soll, den ganzen Tag an die Wand starrt, Antidepressiva schluckt, wartet, dass Arigona von der Schule kommt.

Eine grausliche Angelegenheit. Niemand weiß eine Lösung, man weiß nur, dass die Lösung, die alle vor Augen haben, keine Lösung ist. Manchmal fantasiert Nurie, spricht von der Ziege ihrer Eltern, deren Euter aussah wie der Unterleib ihres Teddybären. Von ihrer Tante, die einmal eine große Reise machte und nicht sie, Nurie, sondern ihren Teddybären mitnahm. Und dieser Teddy erzählte ihr später all seine Erlebnisse, von den Kaffeehäusern in Budapest, von der Straßenbahn in Sofia, den Schaumrollen in Bukarest. Wie bei einem Ziegeneuter habe sie täglich neue Erzählungen aus ihm gemolken. Bis zur Hochzeit, dann habe Devat, ihr Mann, ihn bekommen, ihn in die Führerkabine seines Lkws gesetzt. Und irgendwann ging er verloren. Irgendwann kehrte dieser Teddy von einer großen Fahrt nicht mehr zurück.

»Wir sind gewohnt«, sagt der Baron, »mit Niederlagen und Rückschlägen umzugehen, aber hier hat man es mit lauter Hyänen zu tun, die nur auf eine kleine Schwäche warten, um über einen herzufallen.« Er überlegt, ob er etwas essen soll, die Krautroulade ist empfehlenswert, aber man kann hier auch gefüllte Paprika oder faschierte Laibchen essen, was nicht selbstverständlich ist, weil Faschiertes prinzipiell heikel ist. Da weiß man nie, wie alt es ist. Auch Spargel wäre gesund, wenn er nicht holzig ist. Vom Holz und vom Holzhandel hat der Baron aber endgültig genug. Im Winter zerstören Stürme wie »Kyrill« oder »Emma« alles, und im Sommer kommt mit der Hitze auch der Borkenkäfer, der alles vernichtet. Wir leben nicht mit der Natur, wir leben gegen sie. Der Wald frisst die Wiesen, der Wind bläst die Dächer weg. Bäche verschlucken Dörfer.

Zwar heißt es andauernd, Österreich wächst zu, Österreich verwaldet. Aber womit? Mit Stauden! Die Industrie braucht mehr als sechzig, siebzig Jahre alte Fichten, keine Stauden. Und Fichten sind Flachwurzler, die bei jedem Sturm umfallen. Der große Fehler war die Monokultur. Jetzt kommt man drauf, aber jeder war nur auf das schnelle Geld aus, auf Ausbeutung. Ob auch beim Menschen die Monokultur ein Fehler ist? Oder sind die Asylbewerber auch nur Flachwurzler?

Bis ans Ende ihrer Tage

Ende November 2008 treffe ich Arigona in Linz. Sie besucht jetzt eine Höhere Lehranstalt für wirtschaftliche Berufe. Sie ist selbstbewusst, jung, mutig und schön. Wenn ihr zum Beispiel jemand sagt: »Du gehörst doch abgeschoben«, entgegnet sie cool: »Das ist deine Meinung, jeder darf sagen, was er denkt.«

Sie erzählt mir ihre Geschichte, vom Krieg, der Flucht aus dem Kosovo, der Abschiebung, vom Pfarrer, vom Baron, Schloss Frein. Aber auch von ihrem Bauchpiercing, dass sie zuerst zu dünn dafür gewesen ist, extra zugenommen hat. Von der Eisdisco und einem Kebabstand in Frankenburg, die sie beide liebt. Von Fernsehserien, Musik, davon, dass ihr der ORF-Journalist Christoph Feurstein eine Stange Zigaretten geschenkt hat, sie daraufhin zu rauchen angefangen hat, und von ihrem Treffen mit Natascha Kampusch, ein rotes Kleid hat sich die gekauft: »O mein Gott, so schiach, und solche Omaschuhe.«

In der Nacht von Jörg Haiders Unfalltod hat sie geträumt, dass jemand stirbt. Aber Haider hat sich zu Arigona nie geäußert – anders als H.-C. Strache, den sie hasst. Zur selben Zeit, als sie untergetaucht ist, hat sich auch in Niederösterreich ein Junge versteckt, ein Dennis, von dem hat sie nie mehr was gehört. Auch nicht von dem Schwarzen, der sich auf dem Stadtplatz von Steyr ein Messer in den Bauch gerammt hat, um gegen seine Abschiebung zu protestieren.

Kann sie mit dem Begriff Heimat etwas anfangen? Nein, kann sie nicht. Hat sie einen Freund? Arigona: »Einer ist mit einem Messer durch die Schule gerannt. Er will etwas von mir, und ich hab gesagt, nein, ich hab keine Zeit. Sein Freund hat sich zu mir zuweg'haut, und jetzt wollte er ihn umbringen. Voll arg.« Unter ihren Mitschülern sind Türken, Bosnier, Serben, Kosovaren und Kroaten, aber der mit dem Messer ist ein Österreicher … Hat sie für die Interviews Geld bekommen? Arigona: »Nein. Mich interessiert Geld nicht, mir ist nur wichtig, dass meine Familie wieder raufkommt.«

Ich denke, dass wir uns an diesem Mädchen wie auch am Baron und am Pfarrer ein Beispiel nehmen müssen. Wir sind nicht nur fremdbestimmt, dazu verdammt, einer verlotterten Politik, die wir uns selbst zu verdanken haben, weil sie ein Teil von uns ist, ohnmächtig zuzusehen. Wir können selbst mitbestimmen, in welchem Land wir leben. Wir müssen uns nicht abfeilen und glatt polieren lassen von den Erfordernissen des Alltags. Wir dürfen unsere Kantigkeit bewahren. Österreich ist schön.

Auch wenn man nur mehr einen Hoden hat, kann man immer noch Eier genug haben, um für eine menschenwürdige Gesellschaft einzustehen, auftreten gegen Typen wie Martin Graf, der am 28. Oktober 2008 zum dritten Nationalratspräsidenten gewählt wurde, obwohl er der rechtsextremen Burschenschaft »Olympia« angehört, die sowohl den Holocaustleugner David Irving nach Wien einlud als auch den rechtsextremen Sänger Michael Müller, von dem die Udo-Jürgens-Paraphrase »Mit sechs Millionen Juden, da fängt der Spaß erst an, bis sechs Millionen Juden, da ist der Ofen an. Wir haben reichlich Zyklon B. ...« stammt.

Mit Graf sitzt auch Susanne Winter im Parlament. Sie hat Mohammed als Kinderschänder bezeichnet, der den Koran in epileptischen Anfällen geschrieben habe. Damit sich die muslimischen Männer nicht an den kernöligen steirischen Mädchen im Grazer Stadtpark vergreifen, hat sie ein Tierbordell gefordert. Ihr Sohn Michael, ein ziemliches Milchgesicht, Obmann des Rings Freiheitlicher Jugend, schlug als Sofortmaßnahme gegen muslimisch-türkische Vergewaltigungen vor, Schafe im Stadtpark grasen zu lassen.

Da wundert sich der Leserbriefschreiber Franz Weinpolter in der *Kronen Zeitung* vom 1. Oktober 2008, dass Österreich als Naziland gilt: »Liebe Gutmenschen, die ihr gerne rechts lebt und links schreibt (und plappert): Wenn die Vertreter der Rechtsparteien auch manchmal etwas über das Ziel hinausschießen, so vertreten sie doch grundsätzlich die Meinung eines großen Teiles der Bevölkerung: Dieses

Land gehört – trotz erschlichener (sic!) EU-Mitgliedschaft – noch immer den Österreichern, und wer als Flüchtling aus einem Land kommt, wo er aus politischen oder religiösen Gründen verfolgt wird, ist selbstverständlich willkommen. Wer sich aber als krimineller Wirtschaftsflüchtling bei uns einnisten und nicht anpassen will, wer, ohne die Sprache zu erlernen, nur als Parasit hier lebt und strafbare Handlungen begeht, hat in Österreich nichts verloren und gehört unverzüglich abgeschoben – und darüber sind sich die meisten Bürger dieses Landes einig! Bedauerlich an dieser Gschicht: Die Gutmenschen begreifen's nicht und denunzieren wortgewandt ganz Österreich als Naziland.«

Sollte Herr Weinpolter, was ich fürchte, Recht haben, die Rechtsparteien tatsächlich nur die Meinung eines großen Teils der Bevölkerung vertreten, Graf, Winter und all die anderen FPÖ- und BZÖ-Politiker nur das formulieren, was sich jeder zweite Österreicher denkt und jeder dritte wählt, kann das für alle anderen nur ein Ansporn sein, noch mutiger zu werden, noch berserkerhafter für die eigene Freiheit und damit für die Freiheit aller zu kämpfen, gegen Intoleranz und Unmenschlichkeit, für ein schönes Österreich, eines, für das man sich nicht schämen muss. Österreich ist schön.

Man kann politikverdrossen werden wie einst Falco, der meinte: »Mich interessiert die Politik ungefähr so viel wie Darmgrippe!«, oder wie mein Bettnachbar im Krankenhaus, der prinzipiell »Meine Stimme kriegt ihr nicht!« quer über den Wahlzettel schreibt und ein Pornobild in das Kuvert legt, bevor er es in die Urne wirft. Aber damit hat man resigniert. Und wenn man resigniert, sich an den Auswüchsen der Verhaiderung nicht mehr stößt, ist man tot, toter, als Jörg Haider jemals sein wird.

Arigona aber lebt, es leben der Baron, der Pfarrer, Alfons Haider. Viele Menschen leben, auch in Österreich, und das macht Mut.

Nachtrag

Im Dezember 2008 versuchen Arigonas vier Geschwister nach Österreich zu gelangen. Sie werden an der österreichisch-ungarischen Grenze festgenommen und müssen Weihnachten im ungarischen Flüchtlingslager Debrecen verbringen.

Anfang 2009 fliehen sie erneut und gelangen illegal nach Österreich, wo sie unter den Blicken neugieriger ORF-Kameras Arigona und ihre Mutter wiedersehen. Ob sie eine Chance auf Asyl haben, ist ungewiss. Maria Fekter verkündet: »Ich habe nach den Gesetzen vorzugehen, egal, ob mich Rehlein-Augen aus dem Fernsehen anstarren oder nicht.«

Die beiden älteren Geschwister gehen freiwillig in den Kosovo zurück. Die beiden jüngeren dürfen vorerst bleiben. Im Februar 2009 wird ein neues Aufenthaltsrecht beschlossen, das Menschen wie den Zogajs zumindest theoretisch ein humanitäres Bleiberecht verspricht.

Im März 2009 gewinnt Jörg Haiders Nachfolger, ein Mensch namens Dörfler und scheinbar ebensolchen Gemüts, die Landtagswahl in Kärnten mit Rekordvorsprung. Kurz nach seinem Amtsantritt geriet er in die Schlagzeilen, weil er Roberto Blanco einen »Negerwitz« erzählt hatte.

Pfarrer Friedl engagiert sich gegen den designierten ultrakonservativen Weihbischof Wagner. Kurz darauf rächt sich die Amtskirche, wird öffentlich, dass Friedl seit Jahren eine Freundin hat. Eine Tatsache, die in Ungenach und Umgebung längst bekannt gewesen ist. Auch Arigona hat es gewusst.

Um die Zogajs wird es ruhiger, was laut Vermutung des Barons an einem Dokument liegt, das den Einsatz von KZ-Häftlingen in einer Kiesgrube in Attnang-Puchheim belegt, dem Heimatort der Innenministerin. Der Baron lächelt, schwärmt von Salzstangerln, Leberkäse und erzählt noch das Bonmot, dass der Mann von Maria Fekter ein Donauschwabe sei, dessen Familie erst nach 1945 nach Österreich gekommen ist.

Ich beschließe, nächstes Jahr mit Arigona zu den Skirennen nach Kitzbühel zu fahren, um mit ihr auf der Ehrentribüne neben dem Landeshauptmann von Tirol zu sitzen. Vielleicht gehen wir auch auf den Opernball …

A Hetz oder
Die letzten Tage der Menschlichkeit

Ein präapokalyptisches Kaleidoskop in fünf Bildern

Präambel

Nachdem sich das Hausrucktheater vier Jahre lang überaus erfolgreich mit Stoffen der Zeitgeschichte (Bürgerkrieg 1934 und NS-Zeit) beschäftigt hatte, beschloss man im Zuge der Ereignisse rund um die Familie Zogaj, 2009 ein Stück über Integration und Asylbewerber aufzuführen. Sofort nach Bekanntwerden dieser Thematik zogen etliche Firmen ihre Subventionszusagen zurück. Viele dem Freilichttheater freundschaftlich verbundene Menschen meinten, man würde an dem polarisierenden Stoff zerbrechen. Wir, die Menschen vom Hausrucktheater, haben dennoch daran festgehalten.

Personen

MARIA MARIAJOSEFOWITSCH, traumatisierte Emigrantin, ein bisschen verrückt, ein wandelnder Vulkan, spricht häufig mit ihrem toten Mann

HERR DER HYÄNEN, ein rechter Politiker und Immobilienmakler, anfangs unsicher, wird zuerst zu einem Goebbels, später zu einem Helmut Kohl

OSTROWSKY, Disco-, Puff- und Asylantenheimbesitzer, ein richtiges Arschloch, Goldketterl, offenes Hemd, Schlüsselbund, mit Fortdauer des Stücks wird er aber weicher

HASSO, sein Hund, ein Pitbull-Basilisk

MEHRERE ASYLBEWERBER

ZWEI POLIZISTEN

DREI ZUCKERGOSCHERL, Zwangsprostituierte

BUSFAHRER

MEHRERE ÖSTERREICHER

STUMMER NARR, ein Harpo Marx des Hausruck

PFARRER

LEHRER

TÜRKENGANG

QUIZMASTER

KANDIDATEN

Das Publikum wird mit Bussen zu den einzelnen Stationen gebracht. Während den jeweils zehnminütigen Fahrten werden Videoclips von Arigona Zogaj, Parlamentssitzungen, Flüchtlingsheimen, Anschlägen etc. gezeigt, die von der Gruppe Maschek satirisch kommentiert werden. Auch private Statements der sich gerade schminkenden Schauspieler, in denen sie über ihre Beziehung zu Ausländern sprechen, können gezeigt werden. Die Fahrtstrecke ist Bühnenbild: Wahlplakate, Blaulicht in Wäldern, Hundestaffeln, Massenfluchtszenen, Leuchtraketen, Projektionen, Sprüche wie »Ich sein eine Abdullah«, »Du Arschloch wegen das liest« »Pfarrer Friedl Arigona schwanger«, »Ausländer raus« sind zu sehen. Schilder wie »Ausland« oder »Grenze«.

Während des Publikumseinlasses sind Mariajosefowitsch und Ostrowsky ein aggressives Bettlerduo.

STUMMER NARR *in einem Tutu, singt, während der Chor im Hintergrund »Hetz, Hetz, Hetz …« flüstert.*

Dein ist mein ganzes Hetz!
Wo du nicht bist, kann ich nicht sein.
So, wie die Blume welkt,
wenn sie nicht küsst der Sonnenschein!

Dein ist mein schönstes Lied,
weil es allein aus der Liebe erblüht.
Sag mir noch einmal, mein einzig Lieb,

oh sag noch einmal mir:
Ich hab dich lieb!

Wohin ich immer gehe,
ich fühle deine Nähe.
Ich möchte deinen Atem trinken
und betend dir zu Füßen sinken,
dir, dir allein! Wie wunderbar
ist dein leuchtendes Haar!

Traumschön und sehnsuchtsbang
ist dein strahlender Blick.
Hör ich der Stimme Klang,
ist es so wie Musik.

Dein ist mein ganzes Hetz!
Wo du nicht bist, kann ich nicht sein.
So, wie die Blume welkt,
wenn sie nicht küsst der Sonnenschein!

Dein ist mein schönstes Lied,
weil es allein aus der Liebe erblüht.
Sag mir noch einmal, mein einzig Lieb,
oh sag noch einmal mir:
Ich hab dich lieb!

LEHRER So? Sie wollen also alle Esterreicher werden? Aha? Was wissen Sie von unserem schenen Land? Was? Was von unserer schenen Sprach? An Schas. Se kennan jo net amoil Deitsch. Deitsch ist unsere Heimatsprache von Haus aus – und zwar seit Jahrhunderten vorne weg, nämlich atü. Und wer hier eine andere Sprache anbringen will, der soll auch dort hingehen und sie vorbringen, wo der Pfeffer nicht weit vom Stamm fällt. Deitsch hat stattzufinden, und zwar ohne Einschwenkung. Wissen Sie, wie man Mistküwezubrunzer und ans Stiegenglander dauneglanter Daumendraher sagt? Oder Erdäpfelwuzerlwuzler? Blunzengrestlrestl? Gspiebens Grammelschmoizbrot? Was? An Schas. Wie haast da drittgrößte Berg? Wo is's Lesachtal? Lafniztal? Stubaital? Bad Hall? Walhall? Wer ist 1982 Meister im Skibob warn? Wann is da Hias vom Musikantenstadl gestorben? Na sehns. Sie wissen nichts. Nichts! Das sieht man zehn Meter gegen den Wind. Net, wia ma Pofesen macht, net, wia ma Pferscherkernzweitspucken und Zwetschkenbrocken macht. Und Sie wolln Esterreicher werdn? Schauns, dass weiterkumman, Sie Gfrast, Sie bleds. Was is? Jetzt sans nu immer da? Schauns, i werd Ihnen was verzählen. Die Integration. Mit die Integrationsrechnung ist es wie mit aner Leberknödlsuppen. In aner Leberknödlsuppen is im Regelfall a Leberknödl aus aner Leber drin. San aber zwa Leberknödln in aner Leberknödlsuppe, ist es mit der Integrationsrechnung schon Essig, müsst ma Leberknödlduosuppen sagen. Und wenn die dann aus zwei verschiedenen Lebern wären, müsste es Leberduoknödlduosuppen heißen. Und wenn Sie zwa davon bestellen, haben Sie ein Leberduoknödlduosuppenduoduliäh und san ganz dudu und tulln. Das geht an die Nieren. Und da weiß man noch gar nichts vom Knödlbrot und vom Alkoholgehalt und ob a Sauerkraut drin ist oder net. Darum gehört in a Leberknödlsuppen nur a Leberknödl aus aner Leber. Darum bin i gegen die Leberknö, äh, gegen die Integration. So ist das. Sollen die andern auslöffeln, den Dreck.

Im Hintergrund eine Beerdigung mit Blasmusik

PFARRER Unsere gute Kameradin ist nicht mehr. Und wir sind schuld; weil wir uns nicht gekümmert haben, ist sie kümmerlich verkümmert. Wir haben hoffnungslos versagt. Das ist kein Grund, stolz zu sein, im Gegenteil, es ist jämmerlich, wir sollten uns alle schämen. Wenn wir heute die Menschlichkeit zu Grabe lassen, geht eine gute Gefährtin von uns, eine, auf die wir uns verlassen konnten, eine, die uns nie betrogen hat. Die Menschlichkeit war uns eine treue Wegbegleiterin in so vielen Stunden unseres Daseins …

Ein stummer Narr (Harpo Marx) erscheint, fordert das Publikum auf, etwas zu unternehmen, die Beerdigung zu stoppen, aber nichts rührt sich. Der Narr bleibt dennoch bis zum Schluss auf der Bühne, kommentiert mit Gesten das jeweilige Geschehen.

Vorspiel

MARIAJOSEFOWITSCH *wechselt ständig zwischen innerem Monolog und enervierender Publikumsprovokation* Was lachst denn du da? Du derfst net lachen. Sag ich, es ist eine Dummheit, Albernheit, Narrheit, Torheit, Irrsinn. Warst du schon einmal im Narrenhaus? Steinhof? Wagner-Jauregg? Im Vogelkäfig? Sagt er, ich hab gleich gesagt, es ist ein Blödsinn. Sag ich, sag ich ja. Sagt er, aber wir sind wenigstens zusammen dumm. Sag ich, es ist eine Sünde, etwas anderes sein zu wollen, als man ist. Sagt er, sag ich auch. Sag ich, mich friert. Du derfst net lachen, was fallt denn dir ein, war dir noch nie kalt? Alles ist so kalt, so fern, so unerreichbar. Es gibt so wenig Licht, und keiner lächelt. Es ist das Land des Nie-Lächelns. Lach net. Wir hätten nicht hierher kommen dürfen. Das haben wir jetzt davon, keine Unterkunft, nichts zu essen, ein Schicksal wie Maria und Josef in Bethlehem, wie Prinz Charles und Camilla in Buckingham, wie Pebbles und Bambam. Sagt er: Sei ruhig! Sag ich, die sehen alle hässlich aus, die Österreicher. Die haben Augen wie Schlachtschussapparate und Wangen wie Surbraten. Lippen wie Reißverschlüsse, im Genick Bierbäuche, zwetschkengroße Tränensäcke und ein Neidgoderl … Das kommt vom Schweinefleisch, vom Alkohol. Keine schönen Menschen. Oder glaubst du, du bist schen? Schau di amoil an! Hast du überhaupt an Spiegel z'haus? Na? Is eh besser. Sagt er: Bist still. Für uns ist hier das Paradies, da gibt es keine Hässlichen, nur Engel. Wir sind im Land, wo Milch und Honig … chemisch hergestellt sind. Glaubst du, die waschen sich? Waschts ihr euch? Lass amoil riechen. Buhä. Ich hab gehört, die wechseln nie die Unterwäsche. Wann hast denn du das letzte Mal deine Unterhose gewechselt? Hast überhaupt a zweite Garnitur? Bist du a so a Kreativitätsproletarier? Sagt er, Engel haben keine Unterwäsche. Darauf ich, die stehlen. Ein Gesindel … Sei still. Wie kannst du nur so reden. Sag ich, mich friert. Wir werden hier erfrieren, weil uns niemand Unterschlupf gewährt. Die haben Mitleid nur mit ihren Haustieren. Wie viele Viecher habts denn ihr daham? Und was gebts denen zu fressen? Sheba Ragout? 60 Prozent Frischfleisch und Gemüse. Multifit? Katzensnack? Thunfisch, Wildlachs mit Joghurt, Putenbrust. Sagt er, seit Anbeginn der Welt hat jeder Mann für seine Frau ein Bett gefunden, und wenn es eine Höhle war. Außerdem sind wir hier im Paradies, schau, ein Stern. Das ist kein Stern, sag ich, das ist ein Hofer. Ein Stern des Wohlstands. Lauter Sonderangebote. Kaufts ihr a immer beim Hofer-Markt? Stehlts ihr a die Sonntagskrone nur wegen der Hoferwerbung? Dafür haben die Freiheitskämpfer ihre Leben lassen. Der Andreas Hofer hat den Hofer gegründet. Beim Hofer gibt es alles, Computer, Kleidung und Benzin. Bald Plutonium, Uran. Ja, sogar da Kim Sun Il und da Ahmadinedschad kaufen beim Hofer ein. Und während du dich an der Kasse anstellst, werden dir die Haare geschnitten, Zehennägel pedikürt, Essen wird dir reingestopft – und ein AMS-Kurs. Alles wird dir da erledigt … Ich will mich ausrasten. Mir tun die Haxen weh. Tun dir a die Haxen weh? Hast was? Franzbranntwein? Hirschtalgcreme? Voltaren?

Nivea? Nutella? Ich habe Blasen groß wie Pfirsiche, meine Fersen sind ganz gelbig. Glaubst du, wir finden Unterschlupf? Überall verjagt man uns, will Geld oder Papiere sehen. Sagt er, sei ruhig. Warum sind wir denn fort? Um das Kind zu finden. Mein Kind, das wer zur Adoption freigegeben hat? Du? Ich? Du weißt genau, ich habe keine Wahl gehabt. Wie willst du es erkennen? Es schaut anders aus, es heißt anders. Es hat ein Feuermal am Oberschenkel. Ein Feuermal, das aussieht wie Österreich. Kennst wen? Du? Kannst du mir helfen? Eine Dummheit. Ich hab gleich gesagt, es ist eine Dummheit. Aber wir sind wenigstens zusammen dumm.

I The Global Saloon, ein Puff

Seelenstriptease von Mädchenhandel-Prostituierten in Engelskostümen, Mariajosefowitsch arbeitet mit einem Putzwägelchen als Raumpflegerin, Ostrowsky führt den Herr der Hyänen durch die schwülstig (Zuhälterbarock) möblierten Räume. Prostituierte sitzen auf Schaukeln, man hört »hang on Sloopy, hang on …«, sieht eine kleine Bühne mit Glitzervorhängen, Tanzstangen.

OSTROWSKY *der mit vielen Goldkettchen behängt ist und seinen Pitbull-Basilisk trägt, bei der Fleischbeschau* Was ist denn das für eine Stellung? Das soll eine Stellung sein? Eine Scheißstellung ist das. Wir haben schon bessere Stellungen gesehen. Und schau net so deppert, sonst lass i in Hund aus. Ihr seid jetzt im Zuckergoscherlland. Und da ihr die Niedrigsten der Erniedrigten seid, habt ihr euch entsprechend zu betragen, indem ihr allen Gästen, die sich erniedrigen und einlassen mit euch, zu jeder Zeit den gebührenden Respekt entgegenbringt. Die Kunde ist König. Und i bin Gott. Verstanden? Ruhe! Ihr redet nur, wenn ihr gefragt seid. Auf, auf, du Schweindelach. Sagt jawohl, mein Herr, wenn ihr zu einem Gast sprecht, Hintern raus, wenn ihr einen Mann seht, Beine breit, wenn ein Freier euch was sagt. Ihr stöhnt auf Befehl, ihr kommt auf Befehl, ihr schluckt auf Befehl – und ihr krepiert auf der Stell auf Befehl. Kapiert? Das sind die Pflichten einer Hur. Und kein Privateigentum. Hier habt ihr nichts zu haben, außer euern Körper – und der gehört euch net. Was ist dein Name?

ZWEITES ZUCKERGOSCHERL Zelinka.

OSTROWSKY Glaub i net.

ZWEITES ZUCKERGOSCHERL Doch, ich heiße …

OSTROWSKY Hier heißt du Schweindelach, das alles macht. Wie heißt du?

ZWEITES ZUCKERGOSCHERL Zelinka.

OSTROWSKY Hast vor, Schwierigkeiten zu machen. *Er würgt sie.* Warum quälst mich so? Also, was ist dein Name? Schweindelach, das alles macht.

ZWEITES ZUCKERGOSCHERL Schweindel, ach, alles macht.

OSTROWSKY *zur Raumpflegerin Mariajosefowitsch, er stößt gleich einen Kübel um* Und du mach das bitte gescheit. Wie oft müssen wir denn noch sagen, dass wir keine Streifen wollen. Nix Streifen von Steifen. Du verstehen? Nix Strich.

MARIAJOSEFOWITSCH Was eh, nichts Strich, Puff. Etablissement. Etat – please – Moan.

OSTROWSKY *zum Herrn der Hyänen* Bled wia Möbeln. Nur Scherereien mit dem Gesindel. Im Gegensatz zu den Wesen auf zwei Beinen hat mi mein Hund nu nie enttäuscht, weil der net blöd redet. Was sagen Sie zu den Mädels? Wissen Sie, weshalb mich die so liebt? Weil ich ein reizender Mensch bin. Weil ich sensibel bin. *Er schlägt sie.* Im Grunde bin ich ein Romantiker. Aber das sind Untermenschen.

HURE Danke gleichfalls.

OSTROWSKY Du. Hab ich was gehört? Hab ich was gehört? Du wirst mir gleich das Klo putzen, aber mit der Zung, du Sau. Es ist schon schlimm genug, dass der

Mensch an Hintern hat, aber noch schlimmer ist, wenn er damit net umgehen kann und a ausm Gesicht nur Schas kommt. *Gibt ihr einen Tritt.* Man will ja keinen Dank, aber manchmal frägt man sich schon. Undankbares Gesindel. Nur da, um mich zu ärgern.

HERR DER HYÄNEN Die Fahrt war schrecklich, danke, dass Sie fragen, lauter rumänische Lkw, und dann noch diese Autobahnabfahrt in Regau, das ist die längste der Welt. Egal. Als Immobilienverwalter hat man Verantwortung. Wissen Sie, wie viele Zimmer Sie hier haben? 41. Ich hab gehört, dreißig Prozent der Gastronomie sind schwarz. Es heißt, dass Kaviar von billigen Dosen in teure Gläser umgefüllt wird, billiger Amaretto in teure Flaschen, ich hab gehört, die meisten Mädchen arbeiten illegal.

OSTROWSKY Was meinens denn damit?

HERR DER HYÄNEN Ich denke nur an meine Immobilien. 41 Zimmer. Sind die Putzfrauen angemeldet?

OSTROWSKY Wollens mi pflanzen? Natürlich net.

HERR DER HYÄNEN Sie wollen doch, dass alles rennt, wies rennt und stehen bleibt, wies steht? Wer viel Geld hat, hat auch viele Freunde. *Er dreht sich um, streckt eine Hand aus und wartet, dass ihm Ostrowsky Schmiergeld zusteckt, zählt das Geldbündel.* Da werden wir keine Schwierigkeiten haben. Da sind wir uns schon wieder einig.

OSTROWSKY Schuld ist die Politik. Schuld sind die Weiber mit ihren Futen, so eine Vagina schaut aus wie ein Aug, aus dem der Augapfel rausgefallen ist. Die Ausländer sind schuld. Aber wir lassen uns nicht unterkriegen, gell Hasso. Was sagen Sie zu der? Moldawien. Tausend Euro hat mich die gekostet.

HERR DER HYÄNEN Hübsch. *Er lässt sein Notizbüchlein liegen, das später Mariajosefowitsch findet.*

OSTROWSKY Hübsch? Ein Antidepressivum auf zwei Haxen. Da brauchst einen Waffenschein für die Alte, so spitz ist die. Du, gib die Haxen auseinander. Zeig Muschi. Die Vagina einer Frau hat genauso viel Persönlichkeit wie ihr Gesicht.

ERSTES ZUCKERGOSCHERL *singt* Ich bin blond, blond wia a Nudelsuppen, blond wia a Barbiepuppen, blond wia von am Stern a Schuppen, blond wia a gschnitzte Jesuspuppen, blond, so blond wie i bin, mechat a jede sein, blond, blond wia a Hammerstiel, blond wia a mulmiges Gefühl, blond, so blond wia a Albinokrokodül, blond, blond wia de Luft in am Fahrradlventül, blond, blond wie Tschernobyl, blond wie Weißrussland, blond wie Kiew, Minsk, blond wie Odessa, Schawastipol, und net schwarz wia da Tod, green net wia die letzte Krot. Net rot, net braun, net Ich-liebe-alle-Frauen.

DRITTES ZUCKERGOSCHERL Ich mache alles, GV mit, ohne, s/m, griechisch, oral, anal, vaginal, diagonal, vertikal, spezial, natural, Futteral, Kannibal, Kanal, Taliban, liberal, sozial, digital, analog, Sekt und Kaviar, Snowballing, Bukkake, messie, gangbang, Big Ben, Zen, Zehenfisting, BMX, EDV, DVD, NPD, KPD, SPD, AKW, DKT, ich mache alles, GV, VW, GTI, MTV, BTV, Sport-TV, von vorne, von hinten, von oben, von unten, von der Seite, ins Auge, ins Ohr, zu dritt, zu viert, zu hundert, zu Millionen, ich werde die Verheißung sein – für an Fuffzger in der Stund … Hast an Tschick für mi?

ZWEITES ZUCKERGOSCHERL Helfen Sie mir. Bitte. Man hat mir Pass abgenommen, man hat mir Männer ge-

bracht, und ich musste tun, was man verlangte. Und man verlangte mich. Ich habe getan, um Probleme zu meiden. Man hat mir Drogas gegeben und mich vergewaltigt. Sie haben gesagt, wenn ich schreie, töten mich. Sie haben gesagt, wenn ich fluchte, töten meine Familie. Bitte, helfen Sie. Ich war im funften Monat schwanger. Bevor das passiert ist, gab es nichts Schlimmes in meine Leben. Ich habe mir nie vorstellen können, dass solche Orte existieren. Bitte, helfen Sie. Leihen Sie mir Handy. Ich muss nur einmal meine Mutter anrufen, die weiß gar nicht, wo ich sein. Bitte. Ich bin ein Bodensatz. Der Westen bezahlt die Regierung, weil es um Bodenschätze geht. Und die Regierung stellt korrupte Beamte ein, die den Menschenhandel tolerieren. Bitte. Ich bin auch ein Bodenschatz. Ich werde abgebaut. Illegal. Ich sein Rohstoff, werde ich gemacht roh. Schauen Sie nicht weg. Was senken Sie jetzt Ihren Kopf? Bitte, leihen Sie mir kurz Handy. Bitte, ich verlangen ja nicht viel.
Sie wird geschlagen, weggebracht.

ERSTES ZUCKERGOSCHERL *singt* Ich bin blond, blond wia a Nudelsuppen, blond wia a Barbiepuppen, blond wia von am Stern a Schuppen, blond wia a gschnitzte Jesuspuppen, blond, so blond wie i bin, mechat a jede sein, blond, blond wia a Hammerstiel, blond wia a mulmiges Gefühl, blond, so blond wia a Albinokrokodül, blond, blond wia de Luft in am Fahrradlventül, blond wie Tschernobyl, blond wie Weißrussland, blond wie Kiew, Minsk, blond wie Odessa, Schawastipol, und net schwarz wia da Tod, green net wia die letzte Krot. Net rot, net braun, net, Ich-liebe-alle-Frauen.

DRITTES ZUCKERGOSCHERL *mit* ZWEITEM ZUCKERGOSCHERL *im Würgegriff* Das, was die gesagt hat, diese Flohscheiße, stimmt natürlich nicht. Glauben Sie ihr nicht. Uns geht es hier gut, sehr gut sogar. Sag es.

ZWEITES ZUCKERGOSCHERL Uns geht es, ahhh, sehr sogar.

DRITTES ZUCKERGOSCHERL Wir werden nicht schlecht behandelt. Wir sind sehr glücklich, hier arbeiten zu dürfen. Sags.

ZWEITES ZUCKERGOSCHERL Ich sehr glücklich, hier zu durfen.

DRITTES ZUCKERGOSCHERL Was durfen?

ZWEITES ZUCKERGOSCHERL Glücklich.

DRITTES ZUCKERGOSCHERL Wir lieben die österreichischen Freier. Die Arbeit macht uns großes Spaß. Sag es.

ZWEITES ZUCKERGOSCHERL Aua.

DRITTES ZUCKERGOSCHERL Wirds bald.

ZWEITES ZUCKERGOSCHERL Die österreichischen Eier lieben, und mir Arbeit macht großes Schas.

DRITTES ZUCKERGOSCHERL So ists brav.

ZWEITES ZUCKERGOSCHERL *mit traurigen Augen* Mir gefällt es gut. Ehrlich. Ich bin total glucklich. *Zu sich* Ich hau ab und ess Hundefutter.

OSTROWSKY *zwei Polizisten zu Mariajosefowitsch führend* Und ich hab schon geglaubt, Sie kontrollieren meinen Betrieb. Das wäre ja lächerlich. Bitte. Da ist der Putzmensch. Schau net so deppert und putz di jo net o an mir, musst dankbar sein, dass du so lang dableiben dürfen hast. Verstehst. Man hat im Leben nur eine gewisse Bandbreite zur Verfügung, innerhalb derer man sich bewegen kann. Man darf zwar an der Grenze rüberschauen, aber verloren hat man dort nichts. Und du hast, glaub ich, genug geschaut.

ERSTER POLIZIST *bedrängt sie, die eigentlich flüchten will* Das Innenministerium gibt bekannt: Dem anhängigen Antrag auf Zustimmung zur Erteilung einer humanitären Aufenthaltsbewilligung im Fall Maria Mariajosefowitsch kann aus folgenden Gründen nicht zugestimmt werden: Die Voraussetzung zur Erteilung eines humanitären Aufenthaltstitels werden nicht erfüllt beziehungsweise es überwiegen jene Gründe, die gegen eine Erteilung sprechen. Sie reiste durch Schlepper gestützt in Österreich ein – zu einem Zeitpunkt, zu welchem bereits klar war, dass in Österreich keine Chance auf Asyl besteht, da bereits ihr damals noch lebender Mann einen negativen Asylbescheid erhielt.

MARIAJOSEFOWITSCH Nicht mein Mann. Mein Mann geht Sie gar nichts an. Mein Mann gehört nur mir.

ERSTER POLIZIST Trotzdem wurde ein aussichtsloser Asylantrag gestellt. Dreimal wurde der Verfassungsgerichtshof angerufen, wobei das Höchstgericht stets negativ entschied. Seit dem Einreisetag vor fünf Jahren ist der Maria Mariajosefowitsch bekannt, dass keine reelle Chance auf Asyl besteht. Seit drei Jahren kam sie einer rechtskräftigen und durchsetzbaren Ausweisungsentscheidung nicht nach. Trotz einjähriger Frist für die Ausreise und großzügiger Unterstützung zur Rückkehr kam sie ihrer Ausreiseverpflichtung nicht nach.

MARIAJOSEFOWITSCH Hast du an Ausweis? Zeig deinen Ausweis? Was ist? Und die Sonne, was ist mit der Sonne? Braucht die auch an Ausweis, wenn sie aufgeht? Und die Wand? Hast du an Ausweis, Wand? Hat mein Wischmopp einen Ausweis? Hast du Ausweis? Und die Zigaretten? Hat jede Zigaretten einen Ausweis? Hier hat sogar die Scheiße einen Ausweis, bevor sie ins Klo darf.

ERSTER POLIZIST Trotz rechtskräftiger höchstgerichtlicher Asylentscheidungen und negativer höchstgerichtlicher humanitärer Aufenthaltsentscheidungen wurden erneute aufenthaltsrechtliche Verfahren angestrengt. Es ist evident, dass starke Bindungen zum Heimatstaat bestehen, da sich Teile ihrer Familie dort befinden, zumindest das Grab ihres Mannes. Wirtschaftliche Gründe, nicht im Heimatland verbleiben zu wollen, sind kein Kriterium für den Aufenthalt in Österreich. Der Verfassungsgerichtshof stellt in ständiger Rechtsprechung fest, dass aus Artikel acht EMRK kein Recht auf Familienzusammenführung in einem bestimmten Land besteht.

ZWEITER POLIZIST Erster Asylantrag, negativ. Zweiter Asylantrag, negativ. Dritter Asylantrag, negativ. Antrag auf humanitäres Bleiberecht, negativ. Aufenthaltsgenehmigung, negativ. Arbeitsbewilligung, negativ. Existenzberechtigung, negativ.

MARIAJOSEFOWITSCH *wird abgeführt.* Was fallt denn dir ein? Was willst denn du von mir? Bitte. Meine Sachen. Packen. Bitte. Ich assi… ich gut assi…, gut assimiliert. Ich wasche die Eierschalen, bevor ich sie werfe in Biotonne. Ich freundlich zu österreichische Hunden. Ich mach nie Lärm nach zehn Uhr nachts. Ich tragen kein Kopftuch. Ich mach kein Feuer in Mistkübel. Ich nicht grillen Hammel in Park. Ich nicht stehlen Sonntagszeitung. Ich arbeit.

ZWEITER POLIZIST Sie wissen seit einem Jahr, dass Sie abgeschoben werden. Kommens. Machens keine Tanz.

MARIAJOSEFOWITSCH Mir geht schlecht. Sehr schlecht. Kann nicht aufstehen in Fruh. Spüren in Fruh jedes

Jahr, dass ich bin alt. Kennen Sie? Kann mich nicht bewegen, weil alles sinnlos. Bin sehr krank.

ZWEITER POLIZIST Jetzt machens nicht auf depressiv, das nimmt man Ihnen sowieso nicht ab.

MARIAJOSEFOWITSCH Wissen Sie, was bedeutet? Ich werd umbringen mich. Und Sie? Sie wird man Mördern heißen. Mördern. Sie. Sie haben ein geiziges Gesicht, eines, das nichts auslässt. Was schauen Sie so? Wahrscheinlich leiden Verstopfung. Kannst du net aufs Klo gehen? Das gönn ich dir. Sie mit kleinen verschlagenen Augen und mit unsinnlichem Mund, aus dem nur Bosheit sprudelt. Ein blunzendummer Mensch sind Sie, ein schlankgehungerter Bierbauch. Sie sind falsch und feig – und wenn noch fromm dazu kommt, ist ganz arg.

ZWEITER POLIZIST Kommens, jetzt erzähl ich Ihnen einen Judenwitz.

ERSTER POLIZIST Kommt eine Nonne zum Gynäkologen.

ZWEITER POLIZIST Sie sind schwanger, sagt der Arzt.

ERSTER POLIZIST Darauf sie: Das ist eine Sauerei. Was die heutzutage alles auf die Kerzen schmieren.

MARIAJOSEFOWITSCH Fick mit mir. Magst du ficken? Komm, greif mich an, ich fick mit dir.

ZWEITER POLIZIST Rühr mi net an, sonst fangst ane.

MARIAJOSEFOWITSCH Gfallts dir net?

ZWEITER POLIZIST A Flaschen fangst, du Flaschen.

ERSTER POLIZIST Moment. Die kenn ich, die hat meinen Sohn.

ZWEITER POLIZIST Die Sau. Was hast du gemacht? Hast du sein Bua angschaut? Hast du sein Bua ausgegriffen mit deine dreckigen Augen?

ERSTER POLIZIST Na, hör auf, gerettet hat sie ihn.

ZWEITER POLIZIST Ehrlich?

ERSTER POLIZIST Winter wars, beim zugefrorenen Löschteich wars, er ist ins Eis einbrochen, der blede Bua, der Trottel, dabei hab ich ihm gesagt, er soll net so weit raus gehen. Was macht er, der Idiot? Mitten auf den Teich geht er. Und während alle Leut nur zugeschaut haben, is die da gleich hin und hat ihn außazaht. Schauen Sie, ich würd Ihnen ja helfen, aber was soll ich tun, i darf net.

MARIAJOSEFOWITSCH Lassen mich packen. Lassen mich laufen.

ERSTER POLIZIST Ich weiß nicht.

MARIAJOSEFOWITSCH Du schuldest mir.

ERSTER POLIZIST Du, Herbert. Schau, die ist hier eingewurzelt. Warum sie wegschicken? Ich weiß, es gibt Gesetze, und wir sind eingesetzt, für das Gesetzte einzustehen, aber Gesetze sind für den Menschen da und nicht umgekehrt. Sie hat Platz bei uns, sie nimmt uns nichts weg, so ein Abschub gibt uns nichts.

ZWEITER POLIZIST Werd net sentimental. Schau, was wir heut wieder weiterbracht haben. Acht Asylanten. Und warum sinds auffa gekommen? Ich habs nicht eingeladen. Ich leg größten Wert darauf, dass ich Kriminelle sag, wenn ich Ausländer mein.

ERSTER POLIZIST Die Zeit is schwer. Sie ist so schwer, dass man sie zu den Weight Watchern schicken müsst. Man müsst die Zeit auf Diät setzen.

MARIAJOSEFOWITSCH Brotdiät, Fleischdiät, Kohlehydratediät, Schokoladediät, Sekundendiät, Hirndiät, Denkdiät.

ZWEITER POLIZIST Wir bemühen uns seit Monaten um

eine gute, eine faire Lösung, um eine gerechte Lösung, um eine Politik mit Augenmaß. Der Missbrauch ist erwiesen, seit drei Jahren ist klar, dass diese Maria Mariajosefowitsch kein Asyl bekommt, da darf man sich jetzt nicht erpressen lassen. Man würde eine Präjustiz schaffen für hunderttausende, die sich dann auch Asyl erhoffen. Wenn wir jetzt ein einziges Mal nachgeben, werden wir Millionen Wirtschaftsflüchtlinge haben. Millionen! Ich hab ja direkt nichts gegen Ausländer, aber magst du, dass dei Bua mit lauter Tschuschen in die Schule geht? I net. Wir haben einen Kriterienkatalog. Schau, wir retten unsere Rasse, das Österreichertum, das brotfarbene Haar, die Mostgsichter, das fleischige Gnack, die Gemütlichkeit, das Wird-schon-wieder. Stell dir einmal vor, unsere Grenzen wären durchlässig? In fünfzig Jahren gäbe es keine Österreicher mehr, nur Tschuschen und Tschechen und Tschetschenen und Tschonnys, Tschatschiken, Tschernobylmutanten und Tschicker. Tschapperl. Am Anfang machen sie Hilfsarbeiterjobs, aber dann habens Kinder, die studieren – und in fünfzig Jahren machen wir die Hilfsarbeiterjobs.

ERSTER POLIZIST *innerer Konflikt, alleine* Was schaust denn so anbissen? Ja, du bist für Gemütlichkeit, ja, du willst dei Ruh habn. Du bist ein unmoralischer Mensch, hast kan Charkter, aber bist deswegen schlecht? Überhaupt net. Es ist natürlich arg, wie man verroht, man kommt praktisch nicht dazu, human zu sein. Dabei wär es so leicht. *Zum stummen Narren* Und du sei ruhig. Du redest zu viel.

Chor spielt großes Stille-Post-Gerüchtemonster

CHOR *anfangs ganz leise geflüstert, dann lauter werdend, am Schluss gebrüllt* Und es heißt, sie hat gestohlen im Supermarkt, und angeblich war sie auch in eine Rauferei verwickelt, und es heißt, die isst Katzen, und sie soll ganz laut Musik hören, in den Gärten ihrer Nachbarn reißt sie Blumen aus, und ihr Gerümpel stellt sie einfach auf die Straße, und Kaugummiautomaten bricht sie auf …

Zwischenspiel

Der Bus bleibt stehen, und man sieht in einem geparkten Luxusauto Ostrowsky und den Herrn der Hyänen

OSTROWSKY Das Spiel heißt »Kick an Immigrant«, und du musst möglichst viel Ausländer rausschmeißen. Für jeden kriegst Punkte.

HERR DER HYÄNEN Was dir alles einfällt?

OSTROWSKY Wirst sehen, das fahrt.

HERR DER HYÄNEN Und davon willst dir so ein Auto kaufen?

OSTROWSKY Ich hab mir den Kübel vom Mund abgespart.

HERR DER HYÄNEN Brauchen tust ihn nicht.

OSTROWSKY Um mit dem Hund Gassi zu fahren. Sonst bin ich bescheiden. Keiner von diesen Verschwendern.

HERR DER HYÄNEN Wie die alle Geld raushauen. Widerlich. Die heizen selbst im Winter. Die nehmen Vollbäder. Die schmeißen Essen weg. Die rauchen. Die fahren auf Kur.

OSTROWSKY Widerlich.

HERR DER HYÄNEN Hast du's eigentlich gefunden?

OSTROWSKY Na.

HERR DER HYÄNEN Ich brauchs. In dem Büchlein stehen alle meine Reden. Was soll ich sagen. Ich red sowieso net gern.

OSTROWSKY Da musst du durch.

HERR DER HYÄNEN Ich brauchs.

OSTROWSKY Wird schon wieder auftauchen.

HERR DER HYÄNEN Reich zu sein, ist auch nicht schön.

OSTROWSKY Aber die Reichen werden immer schöner, weil sie die Schönsten von den Armen kriegen.

HERR DER HYÄNEN Je mehr man hat, desto mehr muss man aufpassen. Reichtum belastet. Wenn die Armen wüssten, wie schwer es die Reichen haben, wären sie viel glücklicher.

OSTROWSKY Das können sich die, die nichts haben, gar net vorstellen.

HERR DER HYÄNEN Je weniger man hat, desto glücklicher ist man.

OSTROWSKY Das sagst grad du?

HERR DER HYÄNEN Ich weiß, du willst mein Imperium. Aber du musst noch warten.

OSTROWSKY Und wenn du plötzlich stirbst?

HERR DER HYÄNEN Willst mich umbringen?

OSTROWSKY Hast du net a deinen Vorgänger abgemurkst?

HERR DER HYÄNEN Das war was anderes.

2 Opus Dei – im Auftrag des Herrn, in einer Kirche
oder Die Predigt des Herrn der Hyänen

Das Publikum wird wie Vieh von mit Klingelbeutel bewaffneten Cowboys in die Sitzreihen geleitet. Es gibt mit Aktienkursen bedruckte Gebetsbücher.

CHOR *rhythmisch singend* Tantan, Bicswift, Tantan, Bicswift, Tantan, Bicswift …

SOLOSÄNGER *wie ein lautpoetischer Prediger* Markdeff Obklat Nabaatww, Arabatww Arosat Brasat Cobaat Coprat Deutat Dospat Dresat Gawiat Gebaat Ovliat Lispat Hyniat Triobe Tapifi Cobadeft Heladeff Abnade Arabde Bilade Brasde Deutde Dortde Dresde Duisde Essede Helade Lampde Luhsde Lenzde Malade Nolade Sabude Salade Volode Allzhub Dreshuhub Budahuhub Bluxull Delelull Heuklull Tubdlull Blomrobu Ugbirobu Citiskba Goresi Poplesemm Citisex Potichbe.

ZWEITES ZUCKERGOSCHERL Bitte, helfen Sie mir. Ich bin ein Opfer von Menschenhändlern. Mein Freund hat mich verkauft. Jetzt werde ich jeden Tag vergewaltigt. Bitte. Schauen Sie nicht weg. Helfen Sie mir. Bitte. Ich bin hier fremd. Ich … Bitte.

MARIAJOSEFOWITSCH Brauchst du was? Zigaretten? Schnaps? Ziegenhoden? Hab ich super Olivenöl. Das war lieb vom Polizisten. A schlechtes Gewissen hat er gehabt. Trotzdem. Ich hab das Leben seines Sohnes gerettet. Weiß gar nicht, was mir da eingefallen ist. Ins kalte Wasser springen? Magst den Deckel oder den

Boden? Von der Semmel. Den Boden? Du hast immer den Boden wollen. Wir haben Glück gehabt. Weil wir zusammenhalten. Weil wir uns lieben. Was ist die Liebe? Definition? Eine edle Form von Egoismus. Was lachst du da? Du darfst net lachen. Riechst wie ein frisch geschlüpfter Frosch. Was? Frösche schlüpfen nicht. Dann halt wie ein Frosch frisch aus einem Teich gehüpft. Hast du an Teich? Heit ist wieder ein Wetter. Da werden die, die an Swimmingpool haben, wenn er überdacht is, schon dringwesen sein. Soll ich dir ein Geheimnis verraten? Ich möchte auch hier daheim sein. Ich möchte auch einmal sagen können, hinterher wär man gern ein besserer Mensch gewesen. Ich wär auch gern eine Zwetschke, außen blau und innen braun. Schau, was ich da gefunden hab. Das hat wer liegenlassen. *Sie liest aus dem Notizbuch* Der Kampf gegen diese Krise erfordert die Aufbietung unserer ganzen Kraft. Hier ist eine Bedrohung unseres Lebensstandards gegeben, die alle bisherigen Gefahren weit in den Schatten stellt. Was? Wählst du a FPÖ? Kannst es ruhig zugeben. BZÖ? Brauchst du was? Zigaretten? Schnaps? Ziegenhoden? Hab ich super Olivenöl. A Polnische? Mailänder? Liptauer? Wenn noch etwas ist, Sie können jederzeit anrufen, gell.

OSTROWSKY *zerrt das zweite Zuckergoscherl (verweint, Mascara läuft über ihr Gesicht) an den Haaren* Du machst das nie wieder, hörst, nie wieder. Warum quälst mich so?

ZWEITES ZUCKERGOSCHERL Gott ist gütig, irgendwann komme ich frei.

OSTROWSKY Glaubst du, es gibt noch irgendeinen Ort, wohin du gehen kannst? Du wirst immer Sklavin sein.

Er schlägt sie Du weißt ja gar net, was du für ein Glück hast. Du undankbares Luder. Du weißt ja gar net, wie gut es dir geht. Ich hab viel für dich bezahlt, du dreckige Fut, bevor das net abgearbeitet ist, gehörst du mir. Mir! Das sind die Regeln. Wenn du nu einmal abhaust, bring ich dein Kind um.

OSTROWSKY *zum Publikum* Wollen Sie vielleicht an Menschen kaufen? Wollen Sie jemand, der für Sie arbeitet, jemanden, der dafür da ist – *er macht eine sexuelle Geste*. Kostet net viel. A Gebrauchtwagen – und schon gehört sie ihnen. Sie ist sauber. Ein nettes Mädchen. Die ist ein Zuckerl. Sie werden keinen Ärger haben mit der. Die macht alles, was Sie von ihr wollen. Alles. Das ist eine sichere Wertanlage. Krisensicher. So ein Mensch ist die beste Investition.

Er singt:
1. Negeraufstand ist in Kuba,
Schüsse peitschen durch die Nacht,
In den Straßen von Havanna
werden Weiber umgebracht.
Refrain: Hea humbassa, hea humbassa, hea hea ho.
2. In den Straßen fliegt der Eiter,
der Verkehr geht nicht mehr weiter.
An den Ecken sitzen Knaben,
die sich an dem Eiter laben.
3. Und der Jo mit seinem Messer
ist der ärgste Menschenfresser.
Schneidet ab nur Ohr und Nasen
und versucht hindurch zu blasen.
4. Und der Häuptling »Scharfer Zacken«,
der kaut einen weißen Backen.

Und aus einem Säuglingsknochen
lässt er sich 'ne Suppe kochen.
5. In der großen Badewanne
sucht 'ne Frau nach ihrem Manne.
Doch sie fand nur ein paar Knochen,
die noch etwas nach ihm rochen.
6. In den Nächten gellen Schreie,
Köpfe rollen hin und her.
Schwarze Negerhände greifen
nach dem Goldzahn und noch mehr.
7. Im Gesträuch und im Gestrüppe
hängen menschliche Gerippe.
Und die Negerlein, die kleinen,
nagen noch an den Gebeinen.
8. In den Bäumen hängen Leiber,
drunter stehen Negerweiber.
Und die denken wie besessen
an das nächste Menschenfressen.
9. In den Bächen schwimmen Leichen
mit aufgeschlitzten Bäuchen.
In den Bäuchen stecken Messer
mit der Aufschrift »Menschenfresser«.
10. Als der Aufstand war vorüber,
schien die liebe Sonne wieder
Auf die prall gefüllten Pänse,
die da litten Stuhlgang-Ängste.

Der Herr der Hyänen mit zwei Zuckergoscherln, Champagner, sie sind geil, er schüchtern bis impotent

ERSTES ZUCKERGOSCHERL *auf seinen Penis anspielend*
Wie weit schrumpft die deutsche Wirtschaft?

DRITTES ZUCKERGOSCHERL Die Wirtschaft hat einen guten Stand.

ERSTES ZUCKERGOSCHERL Mit der Wirtschaft geht es aufwärts.

DRITTES ZUCKERGOSCHERL Die Wirtschaft braucht sich nicht in der Hose zu verstecken.

ERSTES ZUCKERGOSCHERL Hier ist ein guter Standort.

DRITTES ZUCKERGOSCHERL Das erhöht die Wettbewerbsfähigkeit.

ERSTES ZUCKERGOSCHERL Wir haben terminus technicus keine Rezession.

DRITTES ZUCKERGOSCHERL Aber es kommt, es kommt.

ERSTES ZUCKERGOSCHERL Wir müssen Maßnahmen setzen.

DRITTES ZUCKERGOSCHERL Früchte ernten. Hausaufgaben machen.

ERSTES ZUCKERGOSCHERL Ein Festhalten an den Beschaffungsverhältnissen.

DRITTES ZUCKERGOSCHERL In die Belegschaft hineinhören.

ERSTES ZUCKERGOSCHERL Besonders bei Klein- und Mittelbetrieben.

DRITTES ZUCKERGOSCHERL Mit der Wirtschaft geht es aufwärts.

HERR DER HYÄNEN *reißt sich los, betritt die Kanzel. Im Hintergrund, wo sonst ein Altarbild hängt, sind Leuchtschriftzeilen angebracht, die Börsenkurse anzeigen. Komparsen jubeln frenetisch, er tastet sich langsam an, zuerst verhalten, am Ende orgiastisch. Die Zuckergoscherl werden zu einem Gospelchor* Erdenbürger! Menschen! Nachbarn! Mitbürger! Römer! …

äh … Manche sagen, für jeden Menschen soll die Blasmusik spielen, aber nicht nur am Tag seiner Beerdigung. Und manche sagen, jeder Mensch hat ein Festbankett verdient und ein Krankenhaus nur für sich. Und ich sage euch, jeder hat ein Recht darauf, bedient zu werden, ein Recht darauf, dass es jemanden gibt, der ihm die Wünsche von den Augen abliest, jeder hat ein Recht auf Sklaven. Sie nennen es Nächstenliebe als Idealisten, oder sie nennen es Altruismus als Romantiker, oder Sport als Junggebliebene, manche nennen es auch frei gewordenes Menschentum, das sind die Belesenen. Ich aber sage euch, eine Menschlichkeit hat es nie gegeben. Wir leben nicht mit der Natur, wir leben gegen sie, der Wald frisst die Wiesen auf, der Wind bläst die Dächer weg, Bäche verschlucken ganze Dörfer. Und wir leben auch gegen unsere Natur, dem Nächstbesten was anzutun, ihn auszunützen. Ich aber sage euch, jeder hat das Recht, ein Millionär zu sein. Wer jetzt nicht reich wird, verdient es nicht, in dieser Zeit zu leben. Die Tiere haben sich weiterentwickelt. Die Fledermäuse haben gelernt, im Dunklen zu fliegen. Die Schlangen haben gelernt, ihr Kiefer auszurenken. Und der Mensch, was hat der weiterentwickelt? Die Gier, den Wunsch nach mehr und noch mehr, den uneigennützigen Neid, dem wir unseren Wohlstand verdanken.

Wir durchleben augenblicklich eine schwere wirtschaftliche Krise. Zuerst haben wir gehofft, dieses Gewitter zieht an uns vorbei. Wir haben gehofft, dass es woanders niedergeht. Jetzt ist es da. Der Ansturm gegen unsere ehrwürdige Wirtschaft ist mit einer ungeheuren Wucht losgebrochen. Wir wissen, welche

Gefahren und Schwierigkeiten sie mit sich bringt. Wir sind uns aber auch klar darüber, dass die Gefahren bei längerem Zuwarten nur wachsen. Es ist zwei Sekunden vor zwölf. Ein weiteres Zögern führt zur Vernichtung unseres Wohlstands und zur vollkommenen Verarmung. Halleluja.
Der Kampf gegen diese Krise erfordert die Aufbietung unserer ganzen Kraft. Hier ist eine Bedrohung unseres Lebensstandards gegeben, die alle bisherigen Gefahren weit in den Schatten stellt. Würden wir in diesem Kampf versagen, so verspielten wir damit unsere geschichtliche Mission. Alles, was wir bisher aufgebaut und geleistet haben, verblasst angesichts der gigantischen Aufgabe, die uns hier gestellt ist.
Wären wir nicht in der Lage, die Gefahr der Zuwanderung zu brechen, so würde ganz Europa der Armut verfallen. Der Multikulturalismus hat seit jeher offen das Ziel proklamiert, die Welt zu revolutionieren und sie ins Chaos zu stürzen. Aber wir gehören nicht zu jenen furchtsamen weichgespülten Gemütern, die wie das hypnotisierte Kaninchen auf die Schlange schauen, bis sie es verschlingt. Wir wollen die Gefahr rechtzeitig erkennen und ihr auch rechtzeitig mit wirksamen Mitteln entgegentreten.
Man soll nicht glauben, dass der Multikulturalismus, hätte er die Gelegenheit, seinen Siegeszug anzutreten, irgendwo an unseren Grenzen Halt machen würde. Wir stehen hier vor einer entscheidenden Lebensfrage. Das Abendland ist in Gefahr. Wir sähen, wenn wir dieser Gefahr nicht Herr würden, im Geiste schon das Gespenst des Hungers, des Elends und einer millionenfachen Zwangsarbeit heraufziehen.

Der vom Gutmenschentum unterstützte Multikulturalismus ist nicht nur eine terroristische Lehre, sondern auch eine terroristische Praxis. Er verfolgt seine Ziele mit einer infernalischen Gründlichkeit, unter restloser Ausschöpfung seines Potenzials und ohne jede Rücksichtnahme auf Glück, Wohlstand und Frieden der von ihm unterjochten Völker. Und was machen wir? Wir lassen uns von Gutmenschen berieseln. Wir lassen uns einlullen von Gefühlsduseleien, anstatt auf uns selbst zu schauen.

Das Gutmenschentum hat die westlichen Staaten geistig und politisch schon so tief durchdrungen, dass die meisten von uns diese Gefahr überhaupt nicht mehr sehen. Wir werden unterwandert von Asylanten, von arbeitsscheuem Gesindel, von Schädlingen. Die Methoden der Mimikry dieser Subjekte sind bekannt. Sie sind seit jeher darauf aus, ihre Gastvölker einzuschläfern und damit ihre Abwehrkräfte zu lähmen. Damit ist Europa in Todesgefahr. Halleluja.

Ich beanspruche als ein verantwortlicher Sprecher dieses Kontinents für mich das souveräne Recht, eine Gefahr als eine Gefahr zu benennen. Wir haben die Pflicht, Alarm zu schlagen gegen die versuchte Chaotisierung.

Die Lähmungserscheinungen der westeuropäischen Demokratien gegen ihre tödlichste Bedrohung sind herzbeklemmend. Das internationale Gutmenschentum fördert sie mit allen Kräften. Das Gutmenschentum erweist sich hier wieder einmal als die Inkarnation des Bösen, als plastischer Dämon des Verfalls und als Träger eines internationalen kulturzerstörerischen Chaos.

Wir sehen im Gutmenschen für jedes Land eine unmittelbare Gefahr. Wie andere Länder sich gegen diese Gefahr zur Wehr setzen, ist uns gleichgültig. Wie wir uns aber dagegen zur Wehr setzen, das ist unsere Sache, in die wir keinerlei Einsprüche dulden. Das Gutmenschentum stellt eine infektiöse Erscheinung dar, die ansteckend wirkt. Wenn das Ausland gegen unsere Politik scheinheilig Protest einlegt und über unsere Maßnahmen gegen das Gutmenschentum heuchlerische Krokodilstränen vergießt, so kann uns das nicht daran hindern, das Notwendige zu tun. Wir jedenfalls haben nicht die Absicht, uns dieser Bedrohung zu beugen, sondern vielmehr, ihr rechtzeitig und wenn nötig mit den radikalsten Gegenmaßnahmen entgegenzutreten.
Wir lassen uns nicht durch das Geschrei des internationalen Gutmenschentums in aller Welt in der Fortführung des gigantischen Kampfes gegen diese Weltpest beirren. Er kann und darf nur mit Sieg enden.
Ich gebe meiner festen Überzeugung Ausdruck, dass wir die Gefahr auf die Dauer nur niederringen können, wenn wir ihr mit gleichwertigen Methoden entgegentreten. Wir stehen damit vor der ernstesten Frage, nämlich der, die Entschlossenheit aufzubringen, alles einzusetzen, um alles, was wir besitzen, zu erhalten, und alles, was wir zum späteren Leben nötig haben, dazuzugewinnen. Der totale Krieg also ist das Gebot der Stunde. Es muss jetzt zu Ende sein mit den bürgerlichen Zimperlichkeiten, die auch in diesem Schicksalskampf nach dem Grundsatz verfahren wollen: Wasch mir den Pelz, aber mach mich nicht nass! Die Gefahr, vor der wir stehen, ist riesengroß. Riesengroß müssen

deshalb auch die Anstrengungen sein, mit denen wir ihr entgegentreten. Es ist also jetzt die Stunde gekommen, die Glacéhandschuhe auszuziehen und die Faust zu bandagieren. Europas Zukunft hängt von unserem Kampf gegen die Asylanten ab.
Darum ist die totale Kriegführung gegen den Asylmissbrauch eine Sache des ganzen Volkes. Niemand kann sich daran vorbeidrücken. Wir nehmen keine Rücksicht auf Stand und Beruf. Arm und Reich und Hoch und Niedrig müssen in gleicher Weise beansprucht werden. Jedermann wird in dieser Phase unseres Schicksalskampfes zur Erfüllung seiner Pflicht angehalten, wenn nötig, gezwungen werden.
Die Opfer, die der Einzelne dabei zu bringen hat, sind manchmal schwer; aber sie bedeuten nur wenig den Opfern gegenüber, die er bringen müsste, wenn er sich verweigerte und damit das größte Unglück über unser Volk heraufbeschwörte. Es ist besser, zur rechten Zeit einen Schnitt zu tun, als zuzuwarten und die Krankheit sich erst richtig festsetzen zu lassen. Man darf aber dem Operateur, der den Schnitt tut, nicht in den Arm fallen oder ihn gar wegen Körperverletzung anklagen. Er schneidet nicht, um zu töten, sondern um das Leben des Patienten zu retten.
Ihr, meine Zuhörer, repräsentiert in diesem Augenblick die Nation. Und an euch möchte ich drei Fragen richten, die ihr mir vor der ganzen Welt, insbesondere aber vor unseren Feinden beantworten sollt. Ich frage euch: Glaubt ihr mit uns an den endgültigen totalen Sieg?
Wollt ihr die totale Wirtschaft? Wollt ihr sie, wenn nötig, totaler und radikaler, als wir sie uns heute über-

haupt noch vorstellen können? Und wollt ihr das totale Wachstum? Wollt ihr es, wenn nötig, totaler und radikaler, als wir es uns heute überhaupt noch vorstellen können? Halleluja! Halleluja! Lluja sag i. Halleluja. Fixkreizsakrament noch einmal. Halleluja!
Billigt ihr, wenn nötig, die radikalsten Maßnahmen gegen einen kleinen Kreis von Drückebergern, die mitten im Verteidigungskampf der Wirtschaft Frieden spielen und die Not des Volkes zu eigensüchtigen Zwecken ausnutzen wollen? Seid ihr damit einverstanden, dass, wer sich an der Wirtschaft vergeht, den Kopf verliert?
Ich habe euch gefragt; ihr habt mir eure Antwort gegeben. Ihr seid ein Stück Volk, durch euren Mund hat sich die Meinung des Volkes manifestiert. Ihr habt unseren Feinden das zugerufen, was sie wissen müssen, damit sie sich keinen Illusionen und falschen Vorstellungen hingeben. Somit sind wir, wie von der ersten Stunde unserer Macht an und durch all die zehn Jahre hindurch, fest und brüderlich mit dem Volk vereint. Der mächtigste Bundesgenosse, den es auf dieser Welt gibt, das Volk selbst, steht hinter uns und ist entschlossen, koste es, was es wolle, und unter Aufnahme auch der schwersten Opfer, den Sieg kämpfend zu erstreiten. Welche Macht der Welt könnte uns jetzt noch hindern, alles das durchzusetzen und zu erfüllen, was wir uns als Ziel gesteckt haben. Jetzt wird und muss es uns gelingen! Ich stehe hier vor euch nicht nur als Sprecher meiner Partei, sondern auch als Sprecher des Volkes.
Wir alle, Kinder unseres Volkes, zusammengeschweißt mit dem Volke in der größten Schicksalsstunde unserer

Geschichte, wir geloben euch, dass wir die Heimat zu einem Willensblock zusammenschweißen wollen, auf den sich die Wirtschaft unbedingt und blindlings verlassen kann. Wir verpflichten uns, in unserem Leben und Arbeiten alles zu tun, was zum Siege nötig ist. Unsere Herzen wollen wir erfüllen mit jener Leidenschaft, die uns immer in den großen Kampfzeiten wie ein ewig brennendes Feuer verzehrte. Nie wollen wir in diesem Krieg um unsere Wirtschaft und unser Wachstum jener falschen und scheinheiligen Objektivitätsduselei verfallen, der die Geschichte schon so viel Unglück zu verdanken hat.
Mit heißem Herzen und kühlem Kopf wollen wir an die Bewältigung der großen Probleme dieses Zeitabschnittes herantreten. Wir beschreiten damit den Weg zum endgültigen Sieg. Er liegt begründet im Glauben an die Wirtschaft. So stelle ich denn an diesem Abend der ganzen Nation noch einmal ihre große Pflicht vor Augen. Die Wirtschaft erwartet von uns eine Leistung, die alles bisher Dagewesene in den Schatten stellt. Wir wollen uns ihrer Forderung nicht versagen. Wie wir stolz auf sie sind, so soll sie stolz auf uns sein können.

ERSTER POLIZIST Halleluja!

ZWEITER POLIZIST Trink net so viel.

ERSTER POLIZIST Das Wirtschaftswachstum ist wie ein Turm aus lauter Bierkisten.

ZWEITER POLIZIST Was?

ERSTER POLIZIST Je mehr man konsumiert, umso mehr wächst die Wirtschaft.

ZWEITER POLIZIST Du bist ja besoffen.

ERSTER POLIZIST Aber für die Wirtschaft. Ich trinke für

das Allgemeinwohl – und für das Wachstum. Ein Märtyrer, kein Mehrtürer, ein Märtyrer der Promille. Prost. Irgendwer muss ja den Konsum ankurbeln. Man stellt Bierkiste auf Bierkiste auf Bierkiste. Der Stapel wächst und wächst und wächst – bis er irgendwann zu wanken anfängt und einstürzt.

ZWEITER POLIZIST Du sollst nicht so viel trinken.

ERSTER POLIZIST Das Problem der Wirtschaft ist der Mensch, der an seinen Sachen krampfhaft festhält. Darum muss es für alles eine Verschrottungsprämie geben. Und zwar sofort. Man kauft etwas, und zwei Monate später muss man es verschrotten. Die Verschrottungsprämie ist nur unwesentlich geringer als der Kaufpreis. Das garantiert den ungebremsten Warenfluss. Produzieren – verschrotten.

ZWEITER POLIZIST Was hast eigentlich mit der Mariajosefowitsch gemacht?

ERSTER POLIZIST Weggeschaut.

ZWEITER POLIZIST Was?

ERSTER POLIZIST Ich war ihr doch was schuldig.

ZWEITER POLIZIST *der das Publikum zurück zum Bus geleitet* Uns haltens für lauter Nazi. Und der türkische Ministerpräsident, der türkische Schulen einführen möcht? Ich bin kein Rassist, aber das bringt nichts. Ich sag so, die Flüchtlinge, die gekommen sind und fleißig waren, und nichts angestellt haben, denen reiche ich sofort die Hand. Ich reich einem jeden die Hand, der sein Geld selbst verdient. Aber alles andere? Ich sag so, Heimreise frei. Rein in den Waggon und geht schon. So sag ich. Da wären fünfzig Prozent weg, und die Welt wär in Ordnung. Aber der, der Gaunereien macht, und um das Geld seine Familie heraufholt. Ich reich jedem die Hände, ich bin kein Rassist, ich seh zwar so aus, aber für solche Leute hab ich grob gesagt keinen Platz in Österreich, die lernen ja nur stehlen, abgefahren werden muss mit denen. Abgefahren. Gesindel haben wir selbst genug. Ich üb nur die Interessen der Österreicher aus.

BUSFAHRER *während der Fahrt* Heimat, das ist Nägelkauen und in aller Munde sein. Sie denken, das Gefühl, daheim zu sein, ist wie etwas abgebissen haben, eine Jacketkrone Zahn. Heimat, denken Sie, das ist wie Ohrenbohren, nicht auf den Mund gefallen sein. Das Gefühl Geborgenheit ist einen großen Klecks herauszuholen. Maulbeerbaum. Heimat, das ist Pickeldrücken. Ein weidlich weißer Patzen springt aus Ihrer Haut. Heimat, das ist sich ins Mundwerk schnäuzen, dass die Finger sich verkreuzen, kämmen, Zähne putzen mit dem Zahnstocher und das Dafür-sich-nicht-mundtot-fühlen. Atemlos. Heimat, die Sie denken, die ist furzen, rülpsen, Schleim in einen Polster schmieren. Jemand das Wort im Mund umdrehen. Denn, Heimat, das ist das Sich-in-der-Decke-wälzen, schnarchen oder in der Sitzgelegenheit, fusselig. Sie denken, Heimat, das ist die Füße auf den Tisch, öffnen, stopfen, wässrig machen, in den Uterus zurück. Ausgelöst aus sich, wie ein Hendl, wie ein Fisch. Die Augen in das Weiße richten, drüberfahren. Wenn man die Fremde akzeptiert, ist man überall zu Hause, Heimat, nein hineingelegt, denken Sie, das ist Nägelkauen, sich im Mund geborgen fühlen. Nennen Sie es ruhig Es-kann-nichts-passieren. Heimat, das ist in der Nase bohren, mündig, selbst zu onanieren. Heimat, die Sie denken, mündet ins Gefühl nur ganz für sich. Wohingegen man in der Mundart auch zu Hause ist. Zu Hause ist man nur in sich, im Wurf Erinnerung. Sie denken, Esel, zu Hause ist man dort, wo was geschehen ist. Umgekehrt, denn Sie erinnern sich. Nur, warum sagen Sie es nicht? Wie können Sie nur sagen, dass die Österreicher alle Nazis sind, Sie leben, essen hier doch wunderbar. Was sagen Sie, hier bringt jeder jeden um, noch existieren Sie. Heimat, das ist ein großes Maul. Heimat, das ist sich ins Mundwerk schnäuzen, dass die Finger sich verkreuzen, kämmen, Zähne putzen mit dem Zahnstocher und das Dafür-sich-nicht-mundtot-fühlen. Heimat, das ist während der Fahrt bitte nicht das Klo benützen.

3 Wärmebild, Container auf einem Parkplatz

Stimmen, Klopf- und Scharrgeräusche von eingesperrten Menschen, Projektionen

Beim Aussteigen aus dem Bus kommen dem Publikum ein Quizmaster und seine Kandidaten entgegen. Die Kandidaten sehen verlottert aus und tragen Startnummern.

QUIZMASTER *Fanfare, Signation* Willkommen. Willkommen bei unserer neuen, beliebten Unterhaltungsshow »Der Arme der Woche«. Kommt eine Dame zu einem blinden Bettler: »Hier, guter Mann, sind fünfzig Cent.« Darauf der Bettler: »Aber das sind ja nur zehn Cent.« »Ja, hallo, können Sie denn sehen?« »Entschuldigen Sie, ich stehe hier nur in Vertretung. Der Blinde ist im Kino.« Haha. Hier ist »Der Arme der Woche«, und ich bin Hans Herbert Lügner. Wir haben auch heute wieder aus der Armee der Armen speziell für Sie fünf vom Leben Gezeichnete ausgewählt, fünf gescheiterte, in ihrem Elend grundelnde Existenzen, von denen Sie, meine Damen und Herren, einen in die Zwischenrunde wählen, ihm eine letzte Chance gewähren, sein verpfuschtes Leben zu retten, während die anderen vier durch den sozialen Rost fallen. Und hier sind bereits die Kandidaten. Und jetzt bettelt. Ich will euch betteln sehen. Ladies and gentlemen: The battle of the Bettler:

ERSTE KANDIDATIN Mein Name ist Svetlana. Ich eine Mutter von fünf Kindern, zwei jetzt schon groß und weg auf schiefe Bahn, Gefängnis. Jetzt ich sein mit drei Kindern noch alleine. Die mussen noch groß werden. Aber ich haben keine Geld. Wir haben oft fast gar nichts zu essen. Ich arbeiten, was geht. Ich mussen. Aber reicht nicht. Stehe vor der Delogierung. Konnten Sie uns helfen? Mussen. Mein Name ist Svetlana. Startnummer eins.

ZWEITER KANDIDAT Ich bin der Gerhard. Ich bin erkrankt an Krebs und wurde zuerst mit einer falschen Diagnose gründlich verpfuscht. Dadurch ist der bösartige Tumor angewachsen. Die Chemo- und Strahlentherapien haben keinen Erfolg gezeigt. Erst mit der Hyperthermie-Therapie geht etwas weiter. Doch diese Therapie wird von der Gebietskrankenkasse nicht bezahlt. Für mich und meine Familie ist die finanzielle Belastung schon sehr groß. Durch meine Therapie haben sich Zahlungsrückstände angehäuft. Die Bank droht mit Pfändung. Ich bin der Gerhard. Ich bin sehr verzweifelt und weiß nicht mehr aus noch ein. Gerhard. Startnummer zwei.

DRITTE KANDIDATIN Mein Name ist Barbara, drei Kinder, ein Sohn ist Autist, momentan sind wir noch total wohnhaft. Im Sommer zog ich zu meinem jetzigen Expartner. Er versprach mir den totalen Himmel und bereitete mir größte Not. Ich gab alles auf, Arbeit, Wohnung, Mobiliar. Mein Konto ist überzogen. Ich hoffte und vertraute auf die Hilfe meines Partners. Total. Vor einigen Wochen wurde ich aufs Jugendamt geladen, dort erfuhr ich von Vorfällen, die in seiner vorherigen Familie vorgefallen sind. Für mich brach eine Welt zusammen. Er veränderte sein Verhalten, und ein Leben mit ihm war nicht mehr möglich. Er demütigte mich, wo es nur ging. Wann es nur ging, schlug er mich. Momentan ist es mir nicht möglich, arbeiten zu gehen, da mich mein Sohn sehr braucht. Mein Auto konnte ich nur mehr verschrotten lassen, da ich mir die Reparatur nicht leisten konnte, somit erledigen wir alles zu Fuß, was für meinen Sohn eine große Belastung ist. Mein Name ist Barbara. Startnummer drei.

VIERTE KANDIDATIN Veronika. Und ich bin Mutter von sieben Kindern. Und mein Exmann hat sich vor elf Jahren der Verantwortung entzogen. Und ich war natürlich nicht berufstätig, so dass mir das Sozialamt helfen musste. Und ich konnte auch nicht arbeiten gehen, da psychisch und körperlich angeschlagen. Wurde krank, weil meine Kinder sehr viele Krankheiten hatten. Mario angeborenen grauen Star, Patrik Asthma, Celina Herzfehler, Jannis Nahrungsmittelallergie, Patrick kleinen Herzfehler, Jasmin gesund, Sabrina Neurodermitis und ein Gewächs am Auge. Pflegte auch meine Mutter nach ihrem Schlaganfall, da sie danach halbseitig gelähmt war. Habe mich aber aufgerafft und eine Umschulung bekommen, leider bin ich ausgefallen. Bin im Krankenstand. Konnte meine Schulter nicht bewegen. Dazwischen kam, dass mir die Gebärmutter entfernt werden musste. Und die Niere ist kaputt.
Und zu meiner jetzigen Situation möchte ich sagen, zwei meiner Kinder sind drogenabhängig, bedrohen

mich und die Kleinen. Kann dann nur die Polizei regeln. Da der Vater wieder nicht bezahlt, hat sich das Jugendamt eingesetzt und will einen Titel gegen ihn einreichen. Und meine Situation ist, dass ich Mieten offen habe und das erste Mal Hilfe beantragt habe, was ich aber nur bekomme, wenn ich Miete zahlen kann, die ich nicht habe, weil auch noch eine Stromrechnung da ist. Das Sozialamt steigt nicht ein, da ich noch dazu einen deutschen Freund habe, der keine Arbeit hat. Mein Freund ist Diabetiker, und wir müssen das Insulin auf eigene Kosten kaufen. Und meine Kinder verzichten auf alles, und wir haben nicht einmal Wintergewand oder Schuhe. Und der Kühlschrank ist kaputt, genauso die Waschmaschine. Mein Name ist Veronika, und ich bin Mutter von sieben Kindern. Ich bin verzweifelt und weiß nicht mehr weiter, daher würde ich Sie bitten, ob Sie uns ein bisschen helfen könnten. Veronika, Startnummer vier.

FÜNFTE KANDIDATIN Ich heiße Claudia, Akademikerin, bin 36 und Alleinerziehende, vier Kinder. Ich beziehe Kinderbetreuungsgeld, dazu noch etwas Alimente. Seit Monaten wird es immer schwerer, das Leben zu bestreiten, da es hinten und vorne fehlt. Zur Zeit habe ich Rückstände von Miete, Gas, Strom, Haushaltsversicherung, Krankenversicherung. Dazu kommt, dass mein ältestes Kind dringendst eine Zahnspange braucht. Auch mein zweites Kind wird eine Zahnspange benötigen. Dadurch, dass er starker Brillenträger ist und dazu an einer Bienengiftallergie leidet und daher nie ohne Notfallpaket unterwegs sein darf, habe und hatte ich auch hier Kosten. Ich konnte auch meinem dritten Kind keine Therapie zugutekommen lassen, als es plötzlich und völlig unerwartet eine linke Gesichtslähmung erlitten hatte, und dann in Vollnarkose in die Röhre zum Gehirnschichtröntgen und zur Rückenmarkflüssigkeitsentnahme kam, der Verdacht auf einen Schlaganfall nahelag. Und das mit gerade mal drei Jahren. Die danach benötigte Therapie konnte ich mir nicht leisten. Ich will damit bei Ihnen kein Mitleid erregen, möchte Ihnen nur etwas meine Lage schildern, in der Hoffnung auf Hilfe oder Rat. Ich heiße Claudia, Akademikerin, bin 36 und Alleinerziehende, vier Kinder, und weiß nicht, wie es weitergehen soll.

QUIZMASTER Soweit unsere heutigen fünf armen Schweine, äh Kandidaten. Nach einer kurzen Werbeeinschaltung sind wir sofort zurück mit dem »Armen der Woche«, der neuen Show zur Wirtschaftskrise.

STUMMER NARR

Ein Heimatlied

Bagay Koti Hjem
Namai Home Domu
Majas D'origine
Acsa Gia dinh
Jetzt ist mei Heimat hin
Jetzt ist mei Home a Dom

Und a Käs und a Wurscht
Und a Heimat gengan Durscht
Heimat heißt auf Russisch Dom

die Dänen sagen Hjem dazu
Domu sagen die Tschechen, wetten
Majas nennen sie die Letten
Und a Käs und a Wurscht
Und a Heimat gengan Durscht
Heimat, die auf Finnisch Koti haast
Nennen die Litauer Namai
Inicio sagen die Spanier
Bagay die Filipinos
Rumänen sagen Acasa,
Gia dinh nennts da Viatnames

Bagay Koti Hjem
Namai Home Domu
Majas D'origine
Acsa Gia dinh
Jetzt ist die Heimat hin
Jetzt ist mein Home dann Dom

»Bakary James Harvest«

MARIAJOSEFOWITSCH *die während der ganzen Szene wie betrunken lacht, einige Sätze wiederholt, lallt* Während der Fahrt zur Polizeiinspektion fragte ich den Soldaten mit dem Ohrring, was mit meinem Gepäck los ist. Da sagte der, heute kommt dein Ende, wirst du deine Tasche nicht mehr brauchen. Wir haben den Befehl, dich umzubringen. Am Stadtrand blieben wir unter einer Brücke stehen, um in einen weißen Lieferwagen einzusteigen. Nach einigen Minuten kamen Männer. Die trugen keine Uniform, hatten Wollhauben am Kopf. Wir fuhren zu einer Halle. Es war dunkel. Jetzt sind alle ausgestiegen, und ich blieb alleine in dem Fahrzeug. Sie haben die ganze Halle abgesucht. Der Soldat mit dem Ohrring kam zurück und sagte, ich bin ein gewöhnlicher Mann, der ganz gewöhnliche Gedanken hat, aber meine Taten, die sind edel. Dann vergewaltigte er mich, fesselte mir mit einem roten Strick die Hände. Ich habe dir ja gesagt, das ist kein Witz, wir sind ein Spezialkommando, und wir haben den Befehl, dich umzubringen. Ich zitterte. Ich schrie hysterisch. Da vergewaltigte er mich gleich noch einmal und sagte wieder: Ich bin ein gewöhnlicher Mann, der ganz gewöhnliche Gedanken hat, aber meine Taten, die sind edel.

OSTROWSKY Stopp. Stopp. Aus. Es gibt in diesem Land 30000 Flüchtlinge, die Hälfte davon sind Frauen. Und ich schwör dir, jede, jede einzelne davon macht das besser als du. Wir machen einen Splatter-Porno und keine Rosamunde-Pilcher-Verfilmung. Ich glaub dir das ganz einfach nicht, das muss authentischer kommen.

MARIAJOSEFOWITSCH Das ist authentisch.

OSTROWSKY Ich will a Gänsehaut kriegen, kane eingschlafenen Füß. Und hör mit der blöden Lacherei auf.

MARIAJOSEFOWITSCH Er vergewaltigte mich also noch einmal. Und er vergewaltigte mich noch einmal.

OSTROWSKY Reiß dich zusammen.

MARIAJOSEFOWITSCH Er vergewaltigte mich also noch einmal. Die anderen Männer haben zugesehen, dann haben sie sich Handschuhe angezogen, und ich wurde an eine Säule angebunden. Sie schimpften mich Hure und traten auf mich ein. Der Soldat mit dem Ohrring sagte, sag dein letztes Gebet und dreh dich nicht um. Ich glaubte, dass sie auf mich schießen würden. Aber sie schossen nicht, da habe ich mich umgedreht und sah, dass das Fahrzeug im Rückwärtsgang auf mich zugefahren kam, ich bin nach vorne gefallen und habe mir den Kopf am Betonboden angeschlagen. Ich blutete am Kopf sehr stark.

HERR DER HYÄNEN Hast mich gehört? Die Leute haben gejubelt. Frenetisch. Sie sind so an meinen Lippen gehangen. Wenn ich gesagt hätte, sie sollen sich aus dem fünften Stock werfen, hätten sie es auch getan. Ich hab die Welle kriegt. Es war fantastisch.

OSTROWSKY Ruhig, du störst.

HERR DER HYÄNEN Eine Welle der Begeisterung.

OSTROWSKY Schnitt. Cut.

HERR DER HYÄNEN Was passiert denn da?

OSTROWSKY Ich hab da eine Idee. Ein bisserl grenzwertig.

HERR DER HYÄNEN Kick an Immigrant?

OSTROWSKY Besser. Schärfer.

HERR DER HYÄNEN Ich bin ein Mann mit sehr wenigen Prinzipien, die ich nach Lust und Laune revidiere.

OSTROWSKY Ist aber brutal.

HERR DER HYÄNEN Bei Brutalität habe ich einen Sprachfehler, ich kann nicht nein sagen. Also.

OSTROWSKY Ein Splatter-Porno. Weißt, ich hab die Putzfrau gefunden, zufällig, bei einer Zigarette, stell dir vor, erzählt mir ihre Kriegsscheiße. Das läuft aber nur im Hintergrund, weil im Vordergrund, pass auf, ein Hahnenkampf.

HERR DER HYÄNEN Ist das nicht verboten?

OSTROWSKY Schon, deswegen kämpfen ja auch keine Hendln, sondern Mädels. Mädels! Kleine Demonstration.

Zuckergoscherlhahnenkampf. Als Hühner verkleidet, müssen sich zwei Zuckergoscherl bekämpfen, sie hacken aufeinander ein, bis Blut spritzt.

OSTROWSKY Und das ist erst der Anfang. Splatter-Pornos, Spielautomaten, Waffen. Der Markt regelt sich selbst. Und wenn man am Regler sitzt, ist es umso besser.

ZWEITER POLIZIST Unter fünfzig Euro brauchst gar net anfangen.

ERSTER POLIZIST Ich verschieß mindestens fünfzig Euro zu Silvester.

ZWEITER POLIZIST Jetzt hat einer gesagt, wenn wir zu Silvester nichts verschössen, könnt ma alle Asylanten durchfüttern. Eine Milliarde Euro.

ERSTER POLIZIST Sonst nu was.

ZWEITER POLIZIST De geben das Geld net aus. Das schwächt die Wirtschaft.

ERSTER POLIZIST Also, was ist jetzt? Bist dabei?

ZWEITER POLIZIST Ich setz an Fuffzger auf die mit dem gelben Schnabel.

ERSTER POLIZIST Ich setz dagegen.

BUSFAHRER *während der Fahrt* Sehen Sie nach links: Oberösterreich. Und jetzt schauen Sie nach rechts: auch Oberösterreich. Sehen Sie, wie ganz Österreich nach Gulasch riecht, Geldstücken, Gehstocksammlung und Panier. Alles ist paniert, Fleisch, Fisch und Knödel sind paniert, Champignons und Käsesorten, die Eier und das Huhn, alles paniert. Die Österreicher selbst borniert und überbacken. Das Steak ist überbacken, nichts gegrillt, nur paniert. Sie haben keine Lust, die Österreicher, ihre Libido ist überbacken. Sinnlichkeit gibt es nicht und Erotik detto nicht, es fehlt an Licht, an Farben, Holzschnitz alles, slawisch Schwarz-Weiß, plump und knödelig, alles ist mit Semmeln angemacht. Da hat man das Gefühl, die Österreicher sind aus Semmelknödelteig, den man in alle Richtungen ausstreckt. Da hat man das Gefühl, Körperlichkeit und Sensibilität wie bei einem Semmelknödel, wie bei einer Sulz, das ist Österreich. Aber dass Sie deshalb Wasser in die Donau tragen? Schön ist die Landschaft, sagen Sie, die Gemütlichkeit. Italienische Luftigkeit, sagen Sie, geht ihnen ab, den Österreichern, Schwere ist ihnen lieber als die Schönheit der Franzosen, den Österreichern, nur fehlt der blaue Himmel, fehlt das Meer. Es gibt zu wenige Kurven hier, meinen Sie, deswegen werden alle dick. Es fehlt der Horizont, man hat den Eindruck, sagen Sie, dass man hier in einem Kochtopf sitzt. Aber dass Sie deshalb Abführmittel kaufen, um alles rascher zu erleben?

Das Publikum wird durch eine große Menge wütender Menschen getrieben, die die Volksmeinung brüllen, um zu einem brennenden Autowrack zu gelangen, wo die Feuerwehr mit Löscharbeiten beschäftigt ist.

CHOR DER BETRUNKENEN Hau di hi, hau di her, hau di zuwe, hau di daune, haudihi haudiho, haudijohohoho. Ja, wir san im Arsch daham, ja, wir san im Arsch daham, im Arsch san mir daham. Da stinkts a wenig und is recht warm, weil wir san im Arsch daham – und net im Islam. Net der Osama mit seiner Omama, net der Obama und net der Daleilama, net amoil der letzte Depp in fucking Alabama und a ka Japaner in Suzuki Yokohama is so im Arsch daham wie mir. Ja, wir san im Arsch daham, ja, wir san im Arsch daham, im Arsch san mir daham. Da stinkts a wenig und is recht warm, weil wir san im Arsch daham.

»Das österreichische Antlitz«
Pöbelvolk, alle gleichzeitig

ERSTER Hoffentlich greift die Politik hart durch. Österreich ist eine Lachnummer, zumindest bei den Flüchtlingen. Ein bisserl illegal einreisen, ein bisserl alle Instanzen mit den so genannten Hilfsorganisationen durchexerzieren, und nach ein paar Jahren sind wir dann integriert? Da sag ich nur, ein bisserl raus mit diesem Pack, ein bisserl Härte, und die möchten schauen.

Wenn ich da lese, dass die Kinder ein bisserl zu ihrer Mutter wollen, steigt mir die Grausbirne auf. Wo war sie, als die Kinder alleine im Kosovo nicht wussten, wie es weitergeht? Wo? In den Medien hat sie herumgejammert und die Kranke gespielt, anstatt ihre geliebten Kinder zu versorgen. Was ist das für eine Familie? Eine Familie zum Durchgreifen ist das. Aber hart.

ZWEITER Die versuchen, österreichisches Recht zu beugen, und die Pfaffen samt Grünen unterstützen das. Bravo, sag ich da nur! Bravo! Mir stinkt diese Sache schon zum Himmel! Man muss jetzt endlich eingreifen, das Geld investieren, um die gesamte Familie in einen Bus zu setzen und ab in ihre rechtmäßige Heimat! Wenn ich dieses arme depressive Mutterl schon sehe! Wie lange ist die bereits in Österreich? Sie spricht kaum Deutsch. Was hat die den ganzen Tag gemacht? Nichts hat die gemacht. Bravo, sag ich da nur! Bravo! Und allen Gutmenschen sei gesagt: Wie ist das jetzt? Wenn ich jahrelang was Unrechtes tue, darf ich es dann aufgrund des Gewohnheitsrechtes weiter tun? Darf ich das? Der Vater verlässt seine Kinder im Kosovo! Eine fürsorgliche Mutter hätte sich nicht hinter einem ärztlichen Gutachten versteckt und zugesehen, nein, sie hätte gehandelt und alles getan, um bei ihren Kindern zu sein und diese nicht bei Eiseskälte ihrem Schicksal überlassen, um zu sehen, wie weit sie kommen! Es kann nur eine Lösung geben – ab mit diesen Leuten. Sofort. Bravo, sag ich da nur! Bravo!

DRITTER Selbstjustiz ist okay! Wenn der Staat versagt und Recht nicht mehr Recht ist, muss gehandelt werden!

Wenn Recht zu Unrecht wird, ist Widerstand Pflicht!! Auf diesen Staat zu vertrauen, ist offensichtlich ein Fehler!! Raucher werden verfolgt und Kriminelle hofiert mit Unterstützung des ORF und der Kirche! Österreicher sind zu bestrafen und kriminelle Ausländer zu unterstützen! Das ist die Botschaft des Staates Österreich an seine Bürger! Ich schäme mich, ich schäme mich schon, Österreicher zu sein! Deshalb werde ich mein Verhalten diesem Staat gegenüber auch ändern! So einfach ist das! Und auf die Kirche scheiß ich sowieso! Selbstjustiz ist okay! Wenn der Staat versackt und Unrecht nicht mehr Unrecht ist und gehandelt werden muss, weil Recht zu Unrecht wird und Widerstand Pflicht ist, weil der Staat ein Sack ist, dann, ja, dann ist Selbstjustiz okay. Und das sage ich als einer, der bestimmt nicht für Gewalt ist. Im Gegenteil, ich bin ein friedliebender, ein harmoniesüchtiger Mensch. Aber wenn die Zeit nicht so groß wär, möchte ich mich an ihnen vergreifen.

VIERTER Ich bin bestimmt nicht ausländerfeindlich, mir san net a so, aber das kann es doch nicht sein, dass sich diese Familie alles so richtet, wie sie es braucht, und keiner von uns etwas dagegen unternimmt! Mir san net a so. Ich wäre neugierig, was passieren würde, wenn ein Unsriger zu ihnen runterkommt und das Gleiche macht? Wahrscheinlich hätte er gleich eine Kugel im Kopf, ein Messer im Bauch oder einen Schas am Aug. Ich bin bestimmt nicht ausländerfeindlich, mir san net a so, aber ich kenne genug und habe auch beruflich genug, genug habe ich mit ihnen zu tun, aber in diesem Fall meine ich, was zu viel ist, ist zu viel. Gebt lieber unseren Eltern die gerechten Pensionen, anstatt solchen Familien Sozialhilfe. Bus einpacken, ab zur Grenze und auf Nimmerwiedersehen! Das ist meine Meinung und ich bin bestimmt nicht ausländerfeindlich, weil mir san net a so. A so san mir net.

FÜNFTER Das stinkt ja zum Himmel wie die Pest! Wo hat die liebe, ach so arme Familie immer wieder Geld her, um illegal nach Österreich zu kommen? Aber denen wird ein gesunder Strich durch ihre Rechnung gemacht. Raus aus unserem Land! Ich bin ein Gutmensch – aber alles mit Maß und Ziel. Es gibt für alles Grenzen. Die sind keine Kriegsflüchtlinge und daher umgehend abzuschieben. Raus aus unserem Land! Sofort! Wir werden alle hier verarscht, bis aufs Letzte! Leider lassen wir uns das gefallen, indem wir in unserem Schneckenhäuschen bleiben. So lange wir nur meckern und nichts dagegen tun, so lange werden wir zuschauen müssen, dass solche Familien tun und lassen können, was sie wollen. Raus aus unserem Land! Raus! Sofort! Ich bin ein Gutmensch – aber alles mit Maß und Ziel. Aber das ist eine Schande für Österreich! Was ist denn nur aus unserem Land geworden?

SECHSTER Vor einem möchte ich Sie warnen: zu generalisieren. Ich bin tolerant, jawohl. Aber wer an meiner Toleranz zweifelt, wird mich von einer anderen Seite kennen lernen. Aber bei die Gesetze kenn ich nichts. Was für ein Kindergarten und was für a Blamage im Ausland. Für was gibt es Gesetze? Ich bin tolerant, jawohl. Aber wer an meiner Toleranz zweifelt, wird mich von einer anderen Seite kennen lernen. Raus mit denen. Und zwar raus mit dem ganzen Pack, und das für immer! Dann ist endlich Ruhe und der Rest kommt dann auch hoffentlich gar nicht mehr auf die Gedanken, in das schöne, soziale Österreich zu kommen! Wenn das so weitergeht, wird Österreich bald zum Ostland der EU. Traurig!!

SIEBTER Fakt ist, die waren illegal in Österreich. Fakt ist auch, dass es ihnen hier gut gefallen hat, doch als alle Ansuchen abgelehnt waren und sie wieder zurück müssen hätten, begann die Tragödie. Weil erpressen lässt sich der österreichische Staat halt Gott sei Dank noch nicht, das ist Fakt. Im Grunde hatten sie selbst alles in der Hand und sind für das jetzige Dilemma verantwortlich. Fakt ist, ich bin wirklich kein Rassist oder Ähnliches, mein Zeitungsverkäufer ist Ägypter, meine Putzfrau Polin, aber bei solchen Aktionen könnte man es direkt werden. Was sich die erlauben, und was sich erst unsere Regierung erlaubt, ich fass es nicht. Wohin soll das führen? Auf jeden Fall werden die Typen mehr werden. Ausländerfreundlichkeit ist nie und nimmer Charakter. Viel eher ist es Blödheit oder leider eine Krankheit, die unter Gutmenschen grassiert, die einfach nicht wahrhaben wollen, dass unser Staat ausgenommen und von vorne bis hinten und von hinten bis vorne von Scheinflüchtlingen betrogen wird! Und Ausländerfeindlichkeit kommt daher, dass diese Leute beziehungsweise ein Großteil derer, die sich nicht anpassen wollen, glauben, unsere Gesetze gelten nicht für sie, und sie können tun und lassen, was sie wollen. Das ist Fakt.

ACHTER Es sind die Wirtschaftsflüchtlinge. Wussten Sie, dass Österreich das einzige Land ist, welches Tschetschenen als Flüchtlinge anerkennt? Haben Sie eine Ahnung, wie viel uns ein so genannter Flüchtling im Monat kostet? Sorry, aber ich bin der Meinung, wir haben schon genug Arme und Kranke im eigenen Land, und wenn schon Asyl, dann aber bitte nur den wirklich Verfolgten.

NEUNTER Nicht alle Menschen in diesem Land sind rechts, doch viele sind verärgert darüber, dass die Bürger sich plagen müssen, ihre Rechte gewahrt zu bekommen und um jeden Groschen kämpfen müssen und es anderen einfach leicht gemacht wird, obwohl sie noch gar keine Rechte in diesem Land erworben, nichts geleistet haben. Nicht alle Menschen in diesem Land sind rechts, doch viele sind verärgert darüber, dass vor Zeiten Entscheidungen getroffen worden sind, die jetzt nicht eingehalten werden. Laut Gesetz. Dies sind Gesetze für Österreicher, aber scheinbar nicht für Menschen, die den Staat in jeder nur erdenklichen Form ausnutzen; nämlich Ausländer! Nicht alle Menschen in diesem Land sind rechts, doch viele sind verärgert darüber, dass solche Leute den österreichischen Staat an der Nase rumführen. Wenn sich diese Menschen in ihren Heimatländern so aufführen würden, wie sie sich bei uns aufführen, dann kämen sie aus den Gefängnissen ihr Leben lang nicht mehr heraus. Das Gesetz sagt, ihr müsst nach Hause gehen. Dann geht doch bitte endlich. Laut Gesetz. Oder kennt ihr keines? Wir gehen ja auch nach Hause. Nicht alle Menschen in diesem Land sind rechts, doch viele sind verärgert darüber, dass nicht mehr Menschen in diesem Land rechts sind.

Das pöbelnde Volk nimmt zu, die Beschimpfungen werden lauter und heftiger, bis es zu einer Explosion kommt, der Pöbel kleinlaut verschwindet, man brennende Autowracks mit verkohlten Leichen sieht.

ZWEITER FEUERWEHRMANN Gut, dass praktisch nichts passiert ist.

DRITTER FEUERWEHRMANN Das hat nur so ausgschaut.

ERSTER FEUERWEHRMANN Es ist eigentlich so gut wie gar nichts geschehen.

ZWEITER FEUERWEHRMANN Ein Glück.

DRITTER FEUERWEHRMANN Und wenn, sind's selber schuld.

ERSTER FEUERWEHRMANN Die haben provoziert.

ZWEITER FEUERWEHRMANN Die haben blöd gschaut.

DRITTER FEUERWEHRMANN Und gredt hams a nichts.

ERSTER FEUERWEHRMANN Da muss man sich ja provoziert fühlen.

ZWEITER FEUERWEHRMANN Wenn man nur angschaut wird.

DRITTER FEUERWEHRMANN Und einer a nichts sagt.

ERSTER FEUERWEHRMANN Da fühlt man sich herausgefordert.

ZWEITER FEUERWEHRMANN Da muss man sich verteidigen.

DRITTER FEUERWEHRMANN Da kann so etwas schon passieren.

ERSTER FEUERWEHRMANN Sonst sind wir ja friedlich.

ZWEITER FEUERWEHRMANN Tolerant.

DRITTER FEUERWEHRMANN Und das Geld, was bei der Weihnachtsfeier einakummt, geht jedes Jahr an »Licht ins Dunkel«.

ERSTER FEUERWEHRMANN Aber wenn man derart provoziert wird.

ZWEITER FEUERWEHRMANN Von einem, der nichts sagt.

DRITTER FEUERWEHRMANN Nur dasteht und schaut. Nichts tuat.

ERSTER FEUERWEHRMANN Es hat alles seine Grenzen.

ZWEITER FEUERWEHRMANN Gut, dass praktisch nichts passiert ist.

DRITTER FEUERWEHRMANN Das hat nur so ausgschaut.

ERSTER FEUERWEHRMANN Es ist nichts geschehen.

ZWEITER FEUERWEHRMANN Ein Glück.

DRITTER FEUERWEHRMANN Und wenn, sind's selber schuld.

MARIAJOSEFOWITSCH *singt zuerst ein melancholisches bosnisches Volkslied, übt dann ausländerfeindliche Reden mit dem gefundenen Büchlein, mit ihrem Wischmopp macht sie faschistische Gesten* Unser Land ist wie ein Druckkochtopf, und je mehr Asylmissbrauch passiert, desto heißer wird er. Druckkochtopf, Knopfloch, Kopf hoch, wir ...

HERR DER HYÄNEN Das sind meine Sätze. Mein Notizbuch. Das suche ich schon lang. Da stehen meine Reden drinnen.

MARIAJOSEFOWITSCH Kann jeder sagen.

HERR DER HYÄNEN Gib es her.

MARIAJOSEFOWITSCH Hols dir doch. Magst ficken. Wer bist du überhaupt? Weißt du, was heut im Fernsehen spielt?

HERR DER HYÄNEN Das Büchlein sollst mir geben.

MARIAJOSEFOWITSCH Weißt du net, was heut im Fernsehen spielt? Glaubst, dass ein Krimi ist? Mit einem Wort, ein Mord? Vielleicht ein »Tatort«? Oder ein »Kommissar«?

HERR DER HYÄNEN Das Büchlein.

MARIAJOSEFOWITSCH Glaubst du vielleicht, mit mir stimmt was nicht? Denkst du, ich bin verrückt? Sag schon, was hältst du von mir? Glaubst, ich bin verrückt, ist es nicht so? Und du hast recht, ich gehöre eingewiesen.

HERR DER HYÄNEN Mein Büchlein will ich haben.

MARIAJOSEFOWITSCH Natürlich hab ich Tabletten genommen. Aufputschmittel, Beruhigungsmittel, Schlaftabletten, Stimmungsaufheller. Bist jetzt irritiert? Du riechst so. An wen erinnerst du mich nur?

HERR DER HYÄNEN Ich bin ein gewöhnlicher Mann, der ganz gewöhnliche Gedanken hat, aber meine Taten, die sind edel. *Er entreißt ihr das Büchlein* Endlich.

MARIAJOSEFOWITSCH Jetzt weiß ich es. Sie waren Soldat. Sie haben einen Ohrring getragen.

HERR DER HYÄNEN Na und?

MARIAJOSEFOWITSCH Sie waren in Bog und haben ein junges Mädchen vergewaltigt.

HERR DER HYÄNEN Nein. Und wenn. Es war Krieg.

MARIAJOSEFOWITSCH Haben Sie viel vergewaltigt? Ja, Sie haben alle. Alle.

HERR DER HYÄNEN Viel? Was ist viel? Jedenfalls hat keine das Pech gehabt, mit dieser Schan … damit weiterleben zu müssen.

MARIAJOSEFOWITSCH Ich schon, ich hab überlebt, obwohl Sie mich nachher überfahren haben. Und das

Kind, das aus dieser Beziehung entstanden ist, ebenfalls.

HERR DER HYÄNEN Ein Kind?

MARIAJOSEFOWITSCH Ich hab's zur Adoption gegeben.

HERR DER HYÄNEN Das ist nicht witzig. Das ist gar nicht witzig.

MARIAJOSEFOWITSCH Nein, ist es nicht. Aber ich geb die Hoffnung nicht auf. Ich werd mein Kind schon finden.

HERR DER HYÄNEN Und wie? Vielleicht mit einem Aufruf in der Zeitung?

MARIAJOSEFOWITSCH Es hat ein Feuermal am Oberschenkel. So groß, und aussehen tut's wie Österreich.

HERR DER HYÄNEN Das Kind?

MARIAJOSEFOWITSCH Das Feuermal.

HERR DER HYÄNEN Der Ostrowsky.

MARIAJOSEFOWITSCH Was sagst du da?

HERR DER HYÄNEN Der Ostrowsky hat Österreich als Feuermal.

MARIAJOSEFOWITSCH Jetzt gehst du zu weit. Du glaubst, ich nehm dir alles ab.

HERR DER HYÄNEN Aber es ist wahr.

MARIAJOSEFOWITSCH Dieser Teufel? Lüg mich nicht an. Das ist nicht witzig.

HERR DER HYÄNEN Aber es stimmt.

MARIAJOSEFOWITSCH Du bist verrückt. Du nimmst Tabletten. Mit dir stimmt was nicht. Das ist nicht wahr. Das kann nicht wahr sein. Nein, das glaub ich nicht. Buhää, ist mir schlecht, ich glaub, ich muss mich übergeben. Entschuldigung.

HERR DER HYÄNEN Und was ist mit mir? An mich denkst überhaupt nicht.

MARIAJOSEFOWITSCH Du? Du bist tief wie a Kellertür.

HERR DER HYÄNEN Der Ostrowsky ist mein Sohn?

MARIAJOSEFOWITSCH Ich hab gehofft, mein Kind ist ein guter Mensch.

HERR DER HYÄNEN Wo willst denn hin?

MARIAJOSEFOWITSCH So ein Arschloch will i net als Kind. Der wird das nie erfahren. Ich bring ihn um.

HERR DER HYÄNEN *alleine, unsicher* Ostrowsky? Bist du da? Ostrowsky? Wo bist?

Eine Türkengang erscheint, Lederjacken, Hip-Hop-Hände, Ketten

TÜRKE Was ist? Scheißt du dir ins Hemd? Was machst du da, du kleiner Wichser.

HERR DER HYÄNEN Ich...

TÜRKE Hast du schöne Frau? Borg sie mir.

HERR DER HYÄNEN Ich...

TÜRKE Scheißt er sich ins Hemd.

HERR DER HYÄNEN Bitte. Ich könnte euer Vater sein.

TÜRKE Du? Beleidigst du meine Familie?

HERR DER HYÄNEN Nein, ich ...

TÜRKE Moment, den kenne ich. Der ist von der Partei. Der Redner.

HERR DER HYÄNEN Ich... das ist Politik, ich, ich mein, ich mein das ja gar nicht so...

TÜRKE Alter. Wir finden das leiwand, was du sagst. Urcool. Mach weiter so. Wir sind ganz bei dir.

HERR DER HYÄNEN *wischt sich den Schweiß von der Stirn.*

OSTROWSKY Ja, da bist du ja.

HERR DER HYÄNEN Wo warst?

OSTROWSKY Epiphanie.

HERR DER HYÄNEN Was?

OSTROWSKY Ich bin berufen. Auserwählt. Pst. Sag jetzt nichts. Glaubst, ich kann das brauchen, ich will große Autos, Weiber und gut leben. Mir kommt das denkbar ungelegen.

HERR DER HYÄNEN Bist du deppert? Mir gesinnungsmäßig derart in den Rücken zu fallen. Magst jung sterben?

OSTROWSKY Wieso?

HERR DER HYÄNEN Nazis leben länger. Nazis werden alle alt. Das macht die Gesinnung. Der Jünger, die Fussenegger…

OSTROWSKY Hör auf.

HERR DER HYÄNEN Und was willst jetzt tun?

OSTROWSKY Ich denk mir, ich muss den Armen der Ärmsten helfen. Ich mach ein Asylantenheim auf.

HERR DER HYÄNEN Ein Schmäh? Du pflanzt mi?

OSTROWSKY Mir ist es ernst. Gell Hasso, uns ist das ernst.

HERR DER HYÄNEN Hör doch auf.

OSTROWSKY Glaubst, mir fällt das leicht?

HERR DER HYÄNEN Was wird aus dem Geschäft? Das Etablissement?

OSTROWSKY Das ist ein großes Geschäft, die Asylantenfrage, die Barmherzigkeit. Wenn der Klimawandel so weitergeht, wird es in dreißig Jahren 500 Millionen Asylanten geben. Wenn wir uns jetzt nicht für ein menschliches Miteinander einsetzen, wann dann?

HERR DER HYÄNEN Das soll man dir glauben? Dir?

OSTROWSKY Wieso net?

HERR DER HYÄNEN Weil du ein Adoptivkind bist.

OSTROWSKY Ja, und?

HERR DER HYÄNEN Weil deine Mutter hier a Putzfrau ist.

OSTROWSKY Blödsinn.

HERR DER HYÄNEN Du hast sie selbst beschäftigt.

OSTROWSKY Mariaundjosef, die Maria Mariajosefowitsch.

HERR DER HYÄNEN Und du bist kein Kind der Liebe, sondern das Produkt einer Vergewaltigung. Dein Vater war Uno-Soldat. Das, was dir die Mariajosefowitsch für deinen Splatter-Porno erzählt hat, war die Geschichte deiner Zeugung. Tut mir leid, dass ich keine bessere Nachricht für dich hab, aber das ist nicht so tragisch. Es gibt viele Kinder, die ihre Eltern nicht kennen. Es gibt auch viele Eltern, die …

OSTROWSKY Das ist nicht wahr. Sag, dass das net stimmt. Das glaub i net. Ist mir schlecht. Ich glaub, ich muss speiben.

HERR DER HYÄNEN Und ich? An mich denkst überhaupt net? I brauch jetzt was zu essen.

OSTROWSKY Meine Mama eine Asylantin, a zwangsernährter Schubhäftling.

HERR DER HYÄNEN Dafür war dein Vater umso fetter.

HERR DER HYÄNEN *mit Schaumstoff ausgepolstert, sehr fett, wirft mit Essbarem um sich. Im Hintergrund ist der Chor der Schubhäftlinge zu hören.*

CHOR DER SCHUBHÄFTLINGE Festschnallen: Zwei Handschellen um die Fußgelenke, ein breiter Riemen über die Hüfte. Von hinten ein Sani, der den Kopf mit beiden Händen fest an das Kopfteil presst, bei Bedarf hält einer Knie und Schultern. Die Riemen sind festgezurrt, so dass sich in den Händen das Blut staut, sie bläulich anlaufen. Rechts der Arzt mit einem kleinen Brecheisen. Damit geht er zwischen die Lippen, die gleichzeitig mit den Fingern auseinandergezogen werden und dann zwischen die Zähne, hebelt sie auseinander, entweder durch Drehung oder direkt. Gegen die Kieferkraft werden mit Fingern die Lippen auseinandergedrückt, mit spitzen Fingern wird der Muskel, der schräg hinterm Ohr verläuft, gedrückt, wobei die Fingerspitzen die Halsschlagader gegen den Muskel pressen. Sobald die Kiefer weit genug auseinander sind, klemmt der Sani die Maulsperre zwischen die Zähne. Die Zunge wird mit einer flachen Zungenzange nach vorn gezogen und runtergedrückt. Dann wird ein roter Magenschlauch eingeführt. Der ist zwar geölt, geht aber nie ohne Würgen rein. Es kommt zu Brechreiz und einem Verkrampfen der Brust-Magen-Muskulatur. Ist der Schlauch im Magen, wird oben ein breiter Trichter draufgesetzt und aus einer normalgroßen Schnabeltasse langsam die Brühe eingetrichtert. Eine Fleischbrühe, trübe, schleimig, fett – auf jeden Fall mit Vitaminen, Traubenzucker, Ei und einem dicken, bräunlichen, grießähnlichen Bodensatz. Das Einflößen der Zwangsernährung dauert etwa drei Minuten, die Schmerzen den ganzen Tag.

HERR DER HYÄNEN Zum Frühstück, wissen Sie, ess ich fast nichts. Vielleicht einen Leberkäse mit vier, sechs Semmeln. Oder einen kleinen Kümmelbraten, garniert mit Schweizer Wurstsalat! Grad in der Früh soll man sich mäßig halten. Manchmal tun es zwei, drei Paarl Würstel schon im Speckmantel. Bisserl Kartoffelsalat, dazu a Stelzen, nicht zu fett. Zur Jausen dann am Vormittag ich meistens einen ersten ernsten Hunger hab. Da lass ich auffahren mir gefüllte Hendln, Gulasch, acht, neun Knödeln und a Beuscherl zur Verdauung. Man weiß ja zu dem Zeitpunkt nicht, wenn mans nächste Mal a Zeit zum Essen hat. Oft is z Mittag schon so weit, da ess ich aber in der Regel nicht so viel, weil ich bin ja ein geborener Diätist, frugal und vom Temperament her ein Asket: zwei, drei Forellen, kleine Fischerl, vier Schnitzerl hinterdrein und vielleicht noch Innereien vom Schwein. Die Suppen lass ich dafür aus, die Einlag nicht, auch an Salat vertrag ich net. Dafür ess ich recht gern gebackene Champignons, Milchner vom Karpfen, panierten Karfiol, Hauptsach mit Sauce Tartar, die ist gesund für'n Darm, der macht Trara. Wenns mich freut, ein paar Pofesen. Süße Knöderl lieb ich sehr. Wenns die net haben, tuns Palatschinken oder ein Kaiserschmarren mit Eis und Schlag. Zu guter Letzt ein bisserl Käse, nicht zu wenig, nicht zu mäßig. Im Anschluss daran mache ich schließlich Bewegung. Ja, ich gehe zwei drei Stunden, nämlich zu Bett. Danach fühl ich mich, ists ein Wunder, etwas lau im Magen. Da hilft, wie soll ich sagen, dann nur a Torterl, Sacher, Malakoff, Schwarzwälderkirsch. Ich bin da gar nicht wählerisch. Außerdem naht mit Riesenschritten schon das Abendessen. Das ich am liebsten bleiben lassen möcht. Am Abend nämlich, wett ma, soll man essen wie ein Bettler. Mir reicht a kalte Platten. Die russischen Eier ess ich nur aus Mitleid, damit der Lachs net so alleine bleibt. Vom Roastbeef nur ein kleines Stück, dünn wie die Geschichte Österreichs in sechs Bänden. Vielleicht noch ein paar Rollmöps hinterdrein, a halbe Streichwurst und a Grammelbrot mit einer Flaschen Wein. Dann ess ich aber, muss ich Ihnen klagen, nichts mehr bis zum Nachtmahl – und zwar eisern. Weil ich ess nicht gegen den Hunger und auch nicht zum Scherzen, sondern nur gegen die Schmerzen. Muskel können wehtun, Sehnen können quälen, Organe. Das einzige, was man nicht spürt, ist Fett. Dafür esse ich, für ein schmerzfreies Leben, weil ich empfindlich bin und kein Uhu werden mag, kein Unter-Hunderter. Mahlzeit.

OSTROWSKY Schluss. Aufhören. Sofort.
HERR DER HYÄNEN Du hast das Feuermal am Oberschenkel.
OSTROWSKY Das heißt nichts.
HERR DER HYÄNEN Ein kleines Österreich.
OSTROWSKY Österreich? Ich hab einen Panzer.
HERR DER HYÄNEN Vielleicht von dir aus gesehen.
OSTROWSKY Dann komm ich aus dem Bauch von einer Putzfrau. *Er schlägt die Luft* I kenn di net, du dumme Sau. Sag ja nimmer, dass du mit mir verwandt bist, sonst derschiass i di, du depperte Tschuschenblunzen, du angwischelte Klokachel. Ma müsst di mit am Klobesen derschlagen. Ich. Nein, nein, ich werd stark sein und mein Leben ändern. Ich bin berufen. Gott wirkt durch mich, ich kann Berge versetzen. Und ich werd versetzen, eine Revolution organisieren. Alle Flüchtlinge nach Österreich. Ich werde meine ganzen Besitztümer verschenken. Mir nach. Na kommts. Kommts nur. Mir nach. Es spielt keine Rolle, wer man ist, woher man kommt. Wir können alle etwas tun für die Welt. Noch ist sie nicht verloren. Wir müssen nur zusammenhalten. Wir dürfen nur nicht feig sein. Wir müssen uns nur unsere Offenheit bewahren, das Spießige, die Angst und das Verkrampfte in uns bekämpfen. Niemand hat mehr die Zeit, anderen seine Verletzlichkeit zu zeigen. Darum wächst uns ein Panzer. Aber damit ist jetzt Schluss. Kommts mit. Kommts.

5 Obolus Asyl, Badesee

RICHTER *mit einem Pass in der Hand, den er hinlegt, ihn dann demonstrativ näher zu sich zieht* Fairerweise muss man sagen, dass Sie als politischer Flüchtling nicht anerkannt werden, das ist juristisch nicht vertretbar. Fairerweise muss man sagen, das macht bei Ihnen keinen Sinn.

Die Zuseher werden von Schleppern einzeln oder in kleinen Gruppen über eine grüne Grenze geführt. Sie müssen laufen. Man sieht Lichtkegel, hört Gebell, sieht eine beleuchtete Schrift: »AUSLAND«.

ASYLBEWERBER *im Duktus eines Sportlerinterviews, keuchend* Ja, danke. Man hat heute gesehen, ich habe mein Bestes gegeben. Ja, wie wars? Im oberen Teil habe ich eine sehr enge Linie gewählt, bei den Sprüngen hat ein Großteil Probleme gehabt, da geht es arg zur Sache, aber das kommt mir zugute. Das Mitteldrittel habe ich ganz gut derwischt. Die Strecke ist voller Schwierigkeiten. Ja, was ist das Kriterium? Es ist wichtig, dass man es von Anfang an laufen derlässt. Es gibt Kurven, die haben teilweise neunzig Grad, Licht und Schatten wechseln ständig. Es hat mich auch rausgedrückt, aber ich bin auf Zug geblieben. Ich hab versucht, das umzusetzen, was der Trainer gesagt hat. Ein bisschen Zeit habe ich liegen gelassen, aber ich bin heil durchgekommen. Ja, danke. Ich danke meinen Schleppern, die mich so gut trainiert haben. Den

Leuten, die an mich geglaubt haben. Meinen Eltern, meinem Fanclub.

Einem Beamten wird ein Asylantrag (die während der Fahrt auszufüllende Eintrittskarte) übergeben. Das Publikum sticht mit einer Armada aus Ruderbooten in See und gelangt zu einer großen Plattform, auf der sich ein Lampedusa-Leuchtturm befindet. Die ganze Zeit über ist der Chor der toten Seeleute zu hören.

Auf den Booten erzählen (wenn möglich echte) Asylanten ihre Geschichten

ASYLANT Nächstes Jahr will mein Sohn geben auf Mechanikerausbildung, darf keine Lehrlingsausbildung machen, es wird kein Geld ausgegeben für Leute, die vielleicht nicht dableiben. Dann verlangt man aber Integration. Ich möchte schon nach Hause, aber es geht nicht, kein Leben möglich dort. Vermissen ist nicht das Wort. Es ist überhaupt kein Wort, es ist ein Gefühl, das leicht süßlich bis ungenießbar, fast schmerzlich sein kann.

ASYLANTIN Was konnten ich erzählen? Ich hier seit zwei Jahren, ich bin hier wegen meiner Mutters Problem mit der Regierung. Sie war Direktorin von der Hauptschule, dann sie hatte viele Problema gehabt, weil sie nicht korrumpiert sein wollte mit Regierung, das ist nicht normal bei uns. Ich habe drei Jahre Medizin studiert in Georgien. Leider musste ich das verlassen. Mein Vater auch, und sind wir hier. Ich bin Asylbewerberin, deshalb darf ich nicht viel in Österreich, womit ich quäle, ich darf nicht studieren. Ich habe eine negative Antwort. Wenn wieder eine negative Antwort kommt, wäre das sehr schlimm. Es heißt so. Es war egal für uns, ob Österreich oder anderswo. Ich rede viel mit Rechtsanwalt, und es heißt, Antwort müsse kommen in sechs Monaten, aber das steht nur auf dem Papier. Meine Mutter ist seit fünf Jahren hier. Ich konnten Deutsch fast nicht. Was Alltagssprache betrifft, ist kein Problem. Ich besuche Deutschkurs, da sind auch Ausländer. Viele Bekannte habe ich hier nicht. Ich konnte kurz Stadt zeigen, wo ich gewohnt habe. Bei uns ist sehr schön, aber sehr gefährlich. Wenn ich gute Platz wollte, müsste ich mit Regierung. Ich will das nicht, wenn ich selber mit meinem Gehirn leben kann, wieso so was? Damit komme ich nicht klar. Ich bin sehr fremd dafür. Mich nannte man immer die Deutsche, weil ich pünktlich war. Die Zeit geht hier so schnell, wenn ich nichts mache. Die Zeit ist einfach gefroren. Wir konnten selber verdienen und selber eine Wohnung bezahlen, aber die können die Antwort nicht sagen.

Seelieder, die auf der Hin- und Rückfahrt gesungen werden

Hundert Jahr

Hundert Jahr san a arschlange Zeit
Yes, oh, yes
hundert Jahr san a arschlange Zeit
Yes, oh, yes
De ham damals glaubt, dass Schweine fliegen
Yes, oh, yes
I aber net, i glaub sowas net
hundert Jahr is es grad her
da habns nu dacht, der Mond is a Kas
Glaubs oder hoilt es für an Schas
Yes, oh, yes
hundert Jahr is es grad her
da habens nu dacht, de Stern wurdn anzunden auf d'Nacht
Yes, oh, yes
Was a ganz a besonderer Engel macht
Yes, oh, yes
hundert Jahr is es grad her
Yes, oh, yes
Da haben sie di aufghängt fir a Bagatelln,
Yes, oh, yes
Fir a falsches Wort oder firs Erdäpfel stehlen,
Yes, oh, yes
hundert Jahr is es grad her
Yes, oh, yes

Eine Senffahrt

Eine Senffahrt, die ist lustig,
Eine Senffahrt, die ist schön,
Denn da kann man fremde Länder
Und noch manches andre sehn.
Refrain: Hol-la-hi, hol-la-ho,
Hol-la-hi-a hi-a hi-a, hol-la-ho. Alles Senf.

Mit der Fleischbank schwer beladen
Schwankt der Seemann übers Deck;
Doch das Fleisch ist voller Maden,
Läuft ihm schon von selber weg.
Refrain

Unser Kapitän, der Dicke,
Kaum drei Käse ist er hoch,
Auf der Brücke eine Schnauze,
Wie 'ne Ankerklüse groß.
Refrain

Und der Koch in der Kombüse
Ist 'ne dicke, faule Sau,
Mit de Beene ins Gemüse,
Mit de Arme im Kakao,
Refrain

Und die kleinen weißen Möwen,
Die erfüllen ihren Zweck
Und sie schieten, schieten, schieten,
Auf das frischgewaschne Deck.
Refrain

In der Heimat angekommen,
Fängt ein neues Leben an,
Eine Frau wird sich genommen,
Kinder bringt der Weihnachtsmann.
Refrain

Ohne Titel

|: Oh mit mein Niggerrum, Riesentrum, Stinkum mit mein ja, ja :|
Vell ve'll git upon der steeples
And ve'll spit down on der peoples mit mein ja, ja.
|: Und der Polnish man, Eiermann, Thomas Mann, mit mein ja, ja :|
Dey all climb on der steeples
Und dey laugh do all der peoples mit mein ja, ja.
|: Oh venn I was ein sailor I couldn't be a taylor mit mein ja, ja :|
Vell ve trink up all de visky
An' it make us all feel frisky mit mein ja, ja
|: Ve did all de public houses, haben dort big Mausis mit mein ja, ja :|
Und ve hitchud up all der trousers
Und ve catch 'em all de louses mit mein ja, ja
|: Ve chase all der bretty Fräuleins mit mein ja, ja :|
Und ve catch 'em und ve tease 'em
Und ve hook 'em und ve kees 'em mit mein ja, ja
Ja ja, ja ja, ja ja.

OSTROWSKY Freunde, Römer, Mitbürger. Manche sagen, für jeden Menschen soll die Blasmusik spielen, aber nicht nur am Tag seiner Beerdigung. Und manche sagen, jeder Mensch hat ein Festbankett verdient und ein Krankenhaus nur für sich. Und ich sage euch, jeder hat ein Recht darauf, bedient zu werden, ein Recht darauf, dass es jemanden gibt, der ihm die Wünsche von den Augen abliest, jeder hat ein Recht auf Sklaven. Sie nennen es Nächstenliebe als Idealisten, oder sie nennen es Altruismus als Romantiker, oder Sport als Junggebliebene, manche nennen es auch frei gewordenes Menschentum, das sind die Belesenen. Ich aber sage euch, eine Menschlichkeit muss es geben. Und Mitleid muss es geben. Und Nächstenliebe muss es geben. Wir bestimmen das Klima, in dem wir leben. Und ich sage euch, Gott hat alle Menschen gleich geschaffen. Und jeder hat ein Recht, sich frei zu bewegen, jeder hat ein Recht zu leben …

MARIAJOSEFOWITSCH Glaubt ihm nicht, das ist ein falscher Hund. Durch ihn hat der Teufel Macht über uns bekommen. Der will nur Profit. Was hast denn da drinnen, in den Taschen? Zeig, was du in deinen Taschen hast! Geld hat er da drinnen, weil er sich bereichern will – an euch. Aber damit ist jetzt Schluss. Hast Angst? Musst du nicht, weil gleich ist es vorbei.

OSTROWSKY Mama. Bitte.

MARIAJOSEFOWITSCH Sag nie mehr Mama zu mir, hörst du, nie mehr, du Ausbeuter, du Leutschinder, du Ausgeburt des Kapitalismus. Was bist du eigentlich für ein Mensch, statt eines Herzens ein Aschenbecher und statt einer Seele ein Manschettenknopf und statt eines

Verstandes ein Feuerzeug, das nicht zündet. *Zu seinem Hund* Gusch, du Trottel.

OSTROWSKY Manchmal will ich aussteigen, Bauer werden. Sonst weiß ich nichts. Nur, ich bin total verbrunzt in di, Mama.

MARIAJOSEFOWITSCH *Sie ersticht ihn.* Jetzt brauchst keine Angst mehr haben. Jetzt ist Schluss…

OSTROWSKY Mama … *er stirbt* Und ich hab immer glaubt, Frauen morden nur mit Gift. Jetzt hab i so an Hunger, dass i vor lauter Durst gar net weiß, wie müd i bin.

MARIAJOSEFOWITSCH Was hab ich gemacht? Kind? Du riechst nach Würstelstand und Wüstensand.

OSTROWSKY Ich bin keiner mehr von den Menschen. Ich bin leer.

MARIAJOSEFOWITSCH Kind! Bitte!

OSTROWSKY Früher hab ich das Schwarze von Bananen immer gehasst. Bis mir wer gesagt hat, es ist Zucker, dass man daraus Schokolade macht. Jetzt seh ich nur mehr schwarz. Jetzt bin ich selbst Banane. Die ganze Welt ist jetzt Banane. Bitte, Mama, pass auf meinen Hund auf. So, genug von der Finanzkrise – gehn ma auf an Kaffee.

ZWEITES ZUCKERGOSCHERL *küsst Ostrowsky*

MARIAJOSEFOWITSCH Weg da.

ZWEITES ZUCKERGOSCHERL Er hat mich freilassen. Nachdem er mich jahrelang missbraucht und zum Sex mit hunderten Männern gezwungen hat, nachdem er mich ständig mit einem Stromkabel verdroschen hat, hat er mich jetzt einfach frei lassen. Einfach so.

ZWEITER POLIZIST Ihre Dokumente sind gefälscht.

ZWEITES ZUCKERGOSCHERL Aber ich bin ja nicht freiwillig hier. Man hat mich verschleppt.

ZWEITER POLIZIST Das weiß ich nicht. Ich weiß lediglich, dass Ihre Dokumente gefälscht sind. Ich muss Sie verhaften. Mitkommen.

MARIAJOSEFOWITSCH Er hat sie frei gelassen?

HERR DER HYÄNEN Er war am besten Weg dazu, ein guter Mensch zu werden. Er fühlte sich berufen. Er wollte die Welt verändern. Aber es hat nicht sollen sein.

MARIAJOSEFOWITSCH Rühr mich nicht an. Deinen Trost brauch ich nicht. Du mit deiner Ausstrahlung von einem Nylonsackerl und deiner Einkaufszettelpsyche – zum Durchstreichen. Und wenn du der letzte Mann auf Erden wärst und ich die letzte Frau. Und wenn der Fortbestand der Menschheit nur von uns abhinge, sicher nicht. Ich würd uns aussterben lassen.

HERR DER HYÄNEN Und du glaubst, ich bin gern so worden, wie ich worden bin? Ich fühl mich schuldig, furchtbar. Aber was soll ich machen? Ich kann doch nicht aus meiner Haut. Vergibst du mir?

MARIAJOSEFOWITSCH Dir? Sicher nicht! *Sie ersticht sich selbst* Wir sind alle Brüder und Schwestern und Eltern und Kinder, aber nur im Tod. Brauchen Sie Zigaretten? Schnaps? Hätt ich super Olivenöl. Was lachst denn du da? Du derfst net lachen. Sag ich, es ist eine Dummheit, Albernheit, Narrheit, Torheit, Irrsinn. Warst du schon einmal im Narrenhaus? Steinhof? Wagner-Jauregg? Im Vogelkäfig? Sagt er, ich hab gleich gesagt, es ist ein Blödsinn. Sag ich, sag ich ja. Sagt er, aber wir sind wenigstens zusammen dumm. Sag ich, es ist eine

Sünde, etwas anderes sein zu wollen, als man ist. Sagt er, sag ich auch. Sag ich, mich friert.

HERR DER HYÄNEN *nimmt den Hund an sich* Ja, Hasso, jetzt bist ohne Herrchen, kleiner Trottel. So sind die Menschen, egoistisch, eitel, unversöhnlich. Also ich versteh das nicht. Statt dass sie einem einen Schritt entgegenkommen, bleiben sie stur. Und jetzt schaut sie aus, als wär sie zu lang in Essigwasser gelegen. Selber schuld. Die Menschen sind schon eine besonders blöde Rasse. Aber du bist nicht so, nein, du nicht. Du bist ein Lieber, gell.

Im Hintergrund eine Beerdigung mit Blasmusik

PFARRER Unsere gute Kameradin ist nicht mehr. Und wir sind schuld; weil wir uns nicht gekümmert haben, ist sie kümmerlich verkümmert. Wir haben hoffnungslos versagt. Das ist kein Grund, stolz zu sein, im Gegenteil, es ist jämmerlich, wir sollten uns alle etwas schämen. Wenn wir heute die Menschlichkeit zu Grabe lassen, geht eine gute Gefährtin von uns, eine, auf die wir uns verlassen konnten, eine, die uns nie betrogen hat. Die Menschlichkeit war uns eine treue Wegbegleiterin … *Ein stummer Narr (Harpo Marx) erscheint, fordert das Publikum auf, etwas zu unternehmen, die Beerdigung zu stoppen, aber nichts rührt sich. Der Narr verzweifelt, stößt einen Verzweiflungsschrei hervor wie Professor Unrat im »Blauen Engel«.*

LEHRER So? Sie wollen also alle Esterreicher werden? Aha? Was wissen Sie von unserem schenen Land? Was von unserer schenen Sprach? An Schas. Se kennan jo net amoil Deitsch. Deitsch ist unsere Heimatsprache von Haus aus – und zwar seit Jahrhunderten vorne weg. Und wer hier eine andere Sprache anbringen will, der soll auch dort hingehen und sie anbringen. Deitsch hat stattzufinden. Wissen Sie, wie man Mistküwezubrunzer und oidfadarischer Daunelaner sagt? Oder Erdäpfelwuzerl? Blunzengrestl? Grammelschmoizbrot? An Schas. Wie hasst da dritthechste Berg? Wo is's Lesachtal? Wer ist 82 Meister im Skibob warn? Wann is da Hias vom »Musikantenstadl« gestorben? Na sehns. Sie wissen nichts. Nichts! Net, wia ma Pofesen macht, net, wia ma Pferscherkernweitspucken und Zwetschkenbrocken macht. Und Sie wolln Esterreicher werdn? Schauns, dass weiterkumman, Sie Gfrast, Sie bleds. Was is? Jetzt sans nu immer da? Schauns, i werd Ihnen was verzählen. Die Integration. Mit der Integrationsrechnung ist es wie mit aner Leberknödlsuppen. In aner Leberknödlsuppen is im Regelfall a Leberknödl aus aner Leber drin. San aber zwa Leberknödln in aner Leberknödlsuppe, ist es mit der Integration schon Essig, müsst ma Leberknödlduosuppen sagen. Und wenn die dann aus zwei verschiedenen Lebern wären, müsste es Leberduoknödlduosuppen heißen. Und wenn Sie zwa davon bestellen, haben Sie ein Leberduoknödlduosuppenduo und san ganz dudu, duliäh. Das geht an die Nieren. Und da weiß man noch gar nichts vom Knödlbrot und vom Alkoholgehalt und ob a Sauerkraut drin ist oder net. Darum gehört in a Leberknödlsuppen nur a Leberknödl aus aner Leber. Darum bin i gegen die Leberknö, äh, gegen die Integration. So ist das. Sollen die andern auslöffeln, den Dreck.

Anhang

Basierend auf Peter Hammerschlags »Ungarischer Schöpfungsgeschichte« sollen im Laufe des Abends immer wieder ähnliche Schöpfungsgeschichten vorgetragen werden.

PETER HAMMERSCHLAG
Ungarische Schöpfungsgeschichte

In Anfang war – das ist bestimmt –
DER WORT. Auf Griechisch: Logosch.
In Weltmeer ist herumgeschwimmt
Die Ur-Getier, das Fogosch.

Gewackelt hat das ganze Welt.
Dass Wind sie nicht davonweht,
Hat rechts und links Gott aufgestellt
Zwei dicke, schöne Honvéd.

Was hat dann Gott zuerst getan?
Den Affen, ohne Frage.
Órangutan és Délután [=Nachmittag],
Was ham gemacht die Tage.

Das Adam hat er dann gebaut,
Den alten Hendelfanger,
Was Eva hat gekriegt zu Braut
Auf eine grüne Anger.

Ein Mulatsag war ganzes Welt,
Nur Schlange hat genagen ...
Und – tessék (= bitte) – hat auf Angyelföld
Der Kain den Izé (= Dingsda) erschlagen.

Da hat das liebe Gott gepfeift,
Hat sich gebäumt der Máros
(= kleiner ungarischer Fluss),
Und mit der Sintflut hat ersäuft
Das ganze Lipotváros [= Leopoldstadt].

Wie Erde bissel trocken war,
Hat angefangt zu reiten
Held Attila mit Hunnenschar,
Um Kúltur zu verbreiten.

Erst hat gegründet Ungarland,
Dann Rom, Athén és Kréta,
Und alle Menschen, was bekannt,
Sind nachgekommen späta.

In Papyrúsch man liest seit je –
Nur leider ging verloren –,
Dass Kléopatra Kiralyné
In Kispest war geboren.

Magyarisch war Literatur,
Von angefangen Psalter
Bis Cató, Plautusch, Terenc-úr
Und Vogelbácsi Walther.

Auch dürfen wir vergessen nie
Dass größte Kolorierer:
Berühmter Müvész Ajtossi,
Was Schwaben rufen »Dürer«.
    [Ajto = Tür, Ajtossi = Türer]

Und wer war größtester Magyar?
Das Goethe-János, bitte.
Weil er aus Nagy-Weimarosch war,
Wo herrschte Ungarsitte.

Und hätt sich Welt beleuchtet? Nie!
Elektrisch wär verloschen,
Wenn hätten Vólta, Gálvanyi
Kein Licht gemacht aus Froschen.

Denn jeder große Mann mit »i«
Ist ein Magyar gewesen.
Bei Górki, Gándhi, Márkonyi
Kann man das selber lesen.

Und wenn ein Stadt hat rückwärts »a« und »o«,
War Ungar Urbewohner:
Kálkutta, Prága, Kárthagó,
Tókio és Veróna.

Joi! Und was wär Wien? Wien wär für Katz!
Szent István hat gegründet
Auf István-tér den Stephansplatz,
Weil Mitleid hat empfindet.

Wann vier Zigeuner – schon gezähmt –
Mit Geige sich versammeln,
Man hat sie gleich nach Wien genehmt
Und hat genannt sie »Schrammeln«.

Womit auf Wiener Kunst ich komm –
Wer war das Kindesvater?
Das war der Molnár-Liliom!
Was baute Burgtheater.

Wo leichte Kunst sich bettete,
Macht stets Magyar das Lager,
Und Operette rettete
Der ungarische Schlager.

Doch wird Magyar, Baratocs-kam [= mein Freundchen],
Stets Wiener Erbe wahren,
Denn Kálmán, Lehár, Abrahám
Stehn Wacht wie drei Husaren!

Ungarherz muß vieles leiden,
Steht in Hintergrund bescheiden,
Aber zupft sich kleines Lied auf Zither:
EXTRA HUNGARIAM NON ESCHT VITA!

Schöpfungsgeschichte auf Serbisch

Dobro.
Bože pravde, ti što spase
mit Großserbien treibt niemand Spaße.
Ganz zu Anfang, so viel ist sicherica, die Urspeis
in den Vurspeistellerna kam – und die war Reis,
erst später schnitt der alte nova Godina,
nachdem getrunken er Kaffee, mit Witz
hinzu Fleischerica, Zwiebelschwitza und Paprika,
er war halt auch ein Witschewitsch, Kulturica,
ein Jugo und ein Tschusch. Du Gusch!

Aus diesem Reisfleisch Duvetsch,
entwickelte sich später,
unter Führung Josip Broz Titos,
nachdem getrunken er Kaffee,
alles vom Serben bis zur schönen Serbenerden,
dobro, auch die hibschen Brankas, Stanicas und Slavicas,
den Bojan, Milan und den Petar,
zu machen Bohnensuppen, Sliwowitz,
Tschiveli!
Ražnjići, Ćevapčići, Pljeskavica,
zu zeugen, unter Führung Josip Broz Titos,
dobro Nachkommen und Erben,
die Srbenica und den Witsch,
was Sohn bedeitet,
Söhne sind sie alle.
Balkan ist iberall. Steh beograd.

Damit den Leuten nicht wird fad,
hat alte nova Godina,

nachdem getrunken er Kaffee,
noch gebaut Slowenen, Bosniaken
und Krowoden,
das Amselfeld, Novi Sad,
die neue Traurigkeit und alles Ungezieferat
die das Serbentum verroden,
Tschitsch und Witsch in andere Gestaden
tragen und zu schenem Belgrad Zagreb, Laibach sagen,
das ist allem Serbentum ein Muss.
der Rest ist Stuss. Bei Fuß.
Bože pravde, ti što spase
mit Großserbien treibt niemand Spaße.
Tschiveli!

Schöpfungscomedia auf Italienisch

Am Anfang mio dio hielte Gott erst eine Siesta,
dann schufe er die Nudel und das Pesto
beim Mangare hatte er sich dann e angepatzt
schon ware das, was man e Urknalle nennt, geplatzt.
Attenzione!
Ciao bello grüßte Gott den e so entstandenen
Kosmos
Que cosi, das reicht, so loss mos.
Rieb er e Parmesan hinein, die Sterne
Pfiff er seinen Angelos, jetzt bitte habts mi gerne.

Momento, Pausa, schrien da die Engel,
es fehlen tutto Wesen noch e mit Köpf, Kretins mit
e Stängel
Es fehlen dottore, motore, patrone, Schmäh ohne.

Va bene, brummte Gott, löffelte aus seiner
    Urschleim-Minestrone
ein paar e Viecher, Sträucher, und auch die Melone.

Den ersten Menschen, die da hießen aglio et olio,
bekannt als Romulus und Remus,
Sagten Melone ohne Alfa Romeo ist ein e Schmus,
so machte Gott ihnen den Prosciutto noch aus Parma,
mit einem Schweinevorleben als Karma.
Außerdem einen Alimentari mit Montagu und Capuleti,
und all den anderen Soletti,
mehr, sagt er, Vatikan i net. I-
ber den Tiber bau i noch a Lollobrigida,
außerdem a Via Appia
mit Abbiegespur wärs a, no na.
Vielleicht das Kolosseum noch und Venezia,
Juventus und Gelati schätzad i a.

So waren e, das ist gewiss, die ersten Menschen
    Italiener,
besiedelten das Land von Palermo bis nach e Jena,
von Bibione bis Siena.
Alles Cosa Nostra, mama mia,
Ndrangheta, Gnocchi, Camorra und schiefe Pisa.
Die e Wiege der Kultur, so viel steht fest,
war in Italia, der Rest ist Rest.

Nehmen wir nur die Rechnerei
die Kocherei, das Einerlei,
die großen Maler: Tintoretto, Canaletto, Vaporetto,
berühmt sogar ein Hund, Vivaldi,
Adriano Celentano, Cicciolina und Caruso,

begründet hat das alles Galileo Galilei
vielleicht auch noch ein anderer oder zwei.

Tutto bene, Leonardo da vincad i ma nu was
Nämlich tutti frutti mit amore
und Ferrari, Maserati, Fiat uno,
und un baccio furore.
Basta jetzt. Und Schutta drüber,
ist die tutto mundo ein einziges Azzurro
si non e vero,
bella Italia, i bell es a
und Garibaldi kum i.
Ciao amore. Ciao es Moribundi.

Schöpfungsgeschichte auf Österreichisch

Jo, i versteh di Voter,
dei Frau wor gsturben,
s Haus war leer, de Landschoft wüst,
da hast da kauft zum Aufhänga an Strick.

Am End vom Anfang nämlich, das ist gwiss,
hat Gott gemacht ein blödes Gfrieß
Dann hat er si derhängt im Stall,
d Dunkelheit ausknipst.
Da war a schon das erste Gries.

Gesehen hat er zu dem Zeitpunkt nichts,
war ja neamd da, ka Bauer und ka Götterspeis,
fir d Küh ka Draht,
paar Stern womöglich,

a weite, fette Finsternis,
paar depperte Kometen, unertröglich.

Hat Gott, wie a so am Balken baumelt is,
gformt aus am Grammelschmalz,
was wir heut nennen Erd,
in Schnittlauch gwuzelt und in Salz
fürs Meer a bissl grehrt.

Ghaßen hat er den Planeten
Aus! Austria! Dann hat er aus Erdapfeltag,
oder ausgschnitten aus einer Tapeten
Mensch und Weib und Marmelad.
Nur Letztere war stad.

Jo, i versteh di Voter,
dei Frau wor gsturben,
s Haus war leer, de Landschoft wüst,
da hast da kauft zum Aufhänga an Strick.

So war der Boden jetzt bereit,
für a schens Kondukt, a gschmackige Leich,
für Sacherturten, Melange und Schlag
die größten Erfindungen der Zeit
für den, ders mag, a Not und Plag.

Von Haus aus war der Österreicher schlampig,
zwider und a bisserl pampig.
So dass man sich net wundern soll,
wenn alles bald recht überquoll.
In Dur und Moll und blunzenfettenvoll.

Da hat der Gott im Zurn,
er is nu immer ghängt,
nach wie vor net gsturben,
erschaffen einen Widerpart,
so einen sauberen und pingeligen Laffen,
den er Götterspeisenzuzler oder Piefke nennt,
jetzt wart,
der macht dich bald zum Affen
da wirst recht bled du bald nu gaffen.

Zu diesem Zeitpunkt, sagt ma,
war da Herodes unterwegs,
alle gachblonden Gschrappen massakrieren, baba
hat a Josef zu ana Maria gesagt: I schmecks,
schnapp da s Jesus-Burli und verstecks.

In weiterer Folge wars a Österreicher, Franzl Magellan,
der was de Welt umrundet hat,
von Zell am Pettenfirst bis St. Veit an der Glan
während a anderer, Gutenberger, a net fad
neben dem Buchdruck erfunden hat das Rad.
Dem Wolferl Mozart wiederum war de Musik nets
dumm.
Dann hats nu geben den ersten Mensch am Mond,
aus Gars am Kamp der Alois Armstrunk wars,
da Pauli Karoasso aus Montafont
hat revolutioniert der Kunst bis zum Plafond
net vergessen a den Dolferl Barabas,
was vül Bohnen gfressen hat fird Schas.

So hat a Österreicher nach dem nächsten
De Welt in unserem Sinn verwandelt

Findt ma vom Tiefsten bis zum Hechsten,
nur Unsrige, jawohl, wir habn de Welt verschandelt.
Austria est imerare orbi universo. Unisoundso.

Jo, i versteh di Voter,
dei Frau wor gsturben,
s Haus war leer, de Landschoft wüst,
da hast da kauft zum Aufhänga an Strick
und Österreich erfunden.

Amerikanische Schöpfungsgeschichte

In the very beginning Anfang it was sehr kommod
There only was a darkness Loch
Inside lived a spirit, so called god
He was not white, not black, not stark or schwoch.
Only a mass of brain inside the Loch.

Then came the time and sayd: create me
Also the infinity wollte endlich erschaffen sein
Yes, an eich, murmelte god, hab ich gedacht so
    direkt nie
Egal, i will it try, s wär alles mein.
A wann i euch brauch wie a hinigs Knie.

So he made bloody sun and stars und then at least
The earth aus einem kleinen greenen Restl
Rotz, also he formed the deep blue sea, Pflanzen,
    Viecher and a Biest
he called snake und finished his work with a Festl.

And wie er so am celebraten war, he noticed,
something missed, jemand zum Reden,
wer, der ihn lobt, und wenn er weg ist, a vermisst,
so he made the cheesy creature Edam and the Garten
Eden.
Which just an other word for Amerika ist.

This Edam freilich was a bloody unzufriedner guy
No wonder, did doch damals weder Cola, Burger or
Popcorn really exist.
So hat er tobt, I schlag everything zu Brei,
wenn i net schnell become a wife, was willig ist.

So he promptly got a lovely girl mit Namen Eva,
was sich vurgestellt hat mit: the first lady, thats I am.
I want some Kleidln und a Chevrolet, not a VW Käfer,
a Friseurin und a Kindermädchen. I buy und du
brenn.

The quickly rest ist schnell erzählt und very fast,
out of paradise sinds gflogen als couple, ihr Kinder
haben gedraemt american, you can, waast,
da warn der Schwarzenegger, der Kennedy und
a Inder
aus Columbia, dem hat der Name Vespuccio net passt.

Geben hat es weiters einen Schurl Washington,
a Monroe Marilyn, die Herren Krafft, Ford und
Eisenhower
an Cassius Clay, Bob Dylan, kenn ma schon
und nu a lot of people mit vül power. Kane Schauer.

De haben gebuilt the great United States,
with the great electric chair, and great
Einreisebestimmungen,
Gredt über Britten und Hänsel und Gretel,
und gredt über Gräten und Grapefruitjuice
de haben gemacht auch zwei drei war
und haben verbreitert the Kultur, was is a Hur
de haben net gjammert, warn net letz.
Drum san jetzt alle rich, nobody poor,
some fesche Mädels habns for Playboy, Penthouse,
Hustler,
san halt überall paar Gfraster
long live Amerika, da gibt's a horny Hetz.
Lang lift Amerika, with Botox, Busenpflaster
Nylonstrümpf, Hollywood, Biblebelt and alle Laster,
microsoft and Wallstreetdesaster
lang lift Amerika von Texas bis Alaska.

Türkische Schöpfungsgeschichte

Biring mich jetzt nicht runter, sagte Gott zum
Universum,
habe ich Buruder bei BMW in Gelsenkirechen,
Düsselodorf,
Deutschaland gut Land, deutsch Frau gut Frau,
deutsche Autoradios gut Autoradios, gut Stereoanlage,
Lautsperecher.
Kiriegste solche Ohren!
Was du willst von mir? Veripiss dich!
Was soll ich erschaffen Welt in sechs Tagen?
Scheiß darauf! Veripiss dich!

Habe ich alles, was ich barauch.
Du nix verheiratet? Du keine Ahnung!
Was? Mit Milichstraße? Deine Frau ist eine Schalampe,
eine totale Nymphomanin, treibts mit schawarze Loch.
Biring mich jetzt nicht runter, sagte Gott zum Universum,
küss mich doch am Bosporus.
Veripiss dich!
Ich mache Felex aus deine Autoradio,
du Teppichkünüpfer, du Kameltreibermütze,
Türkiye, Türkiye,
Wovon du reden? Mir egal.
Ging Gott in einen Hamman, voller Baketerien,
ließ sich hauen von fetten Mann,
dachte an Izmir, Istanbul, Anatolien
und erschuf die Welt.

Kaum war die Welt geboren, sagte Gott zu ihr,
du biring mich jetzt nicht runter, hör sofort auf zu
 schreien,
kiriegst Börötechen, Kaffee. Ruhe. Ich habe Bruder
der macht Kickboxen, ist viel stärker als du.
Geh weg von meine Handy, sonst mache ich Schisch-
 kebab aus dir.
Was willst du einmal werden? Kannst sein tanzender
 Derwisch für Touristen,
Kannst du gehen nach Deutschland, die haben super
 Autoradios
Und bolonde Frauen mit solche Bosporus.
Kannst du werden Obst und Gemüsehändeler
Kannst du ganze Tag Kaffee trinken und rauchen,
und machst du Hochzeitsnacht, hängst du blutige
 Handtuch raus,

Was? Du willst Meneschen? Lebewesen?
Du biring mich jetzt nicht runter, du klaner
Adanerköfte.
Dafür hab ich wiriklich keine Zeit.
Türkiye, Türkiye, Türkiye, Türkiye.

Französische Schöpfungsgeschichte

A oui, wie hat erschaffen Göthe die Französ? Chez
nous.
Mit einem Urstöß, is gelegen Göthe auf Chaiselongue
Mit einem bon picture der Marie Antoinette
Samt Schafotterl, wirklich nett, in a kleinen Brosche,
hatt er sie lassen fallen, Potsch,
merde, sie ist gepurzelt nicht auf d Erd,
nicht auf an pomme de terre
sondern in a Zwiebelsuppe, plümps, das war bös,
da hat Göthe sich geöffnet einen Chateauneuf
du Pape, a oui, die Zwiebelsuppe ausgelöffelt,
samt Croutons, Baguette, un, deux, trois, ça va,
dazu an Camembert aus der Normandie
Trüffel von Troufaut, a Fromage aus de Bagage,
und sonst noch a paar Raffinessen, Petitessen,
Politessen, Ostessen, Stewardessen, großes Fressen
und Aufstessen,
aber Göthe war tres parterre, wo is denn der de Gaulle,
das alte Pferd,
wo da Guy de Maupassant, dem sehert man was an,
wo da Jean Claude Killy, den kill i, kill i,
wo de Piaf, das Spatzenhirn? Il vrai? Warn alle noch
net da, da war er baff.

Wie soll man denn da leben wie Gött in Frankreisch,
wenn es maintenant tout net existieren tut, chez nous,
kreisch!
Alors, quelle heures ich hör und schwör, so wird es Zeit
Le temps perdu
At Göthe einmal très gerülpst, den Uraufstöß so
genannten,
ist gekommen er auf der Französ.
A oui, erste Französ war magnifique Charles, was
geheiratet Madame
avec Name Coco Chanel, recht grell, oui oui,
un peu enfants sind gekommen mit rosarote Pöpö in
Pömps
Napoleon, Ludwig quartorze, Mitterand, Chirac,
Giscard Desdengh, Toulouse, der Dreck, Uderzo
Und monsieur Houellebecq, de haben gebaut Frankreisch,
la Welt, a oui,
le tour d Eiffel, le Tour de France, le Prix Grond Court,
le Asterixen, la Chason, la Gauloises, et viel ce n'est pas,
und den Montmartre, très charmant avec Colette, Susette,
Paulette.
Joujou, Frufru, Lulu.
A oui, hat sich Göthe denkt,
vive la France, jetzt schauns:
Allons enfants de la Patrie,
le jour de glorie est arrivé!
Contre nous de la tyrannie,
L'etendard sanglant est levé.
Entendez-vous dans les campagnes …

Cannes man mehr verlangen?

Russky Schöpfinsky

Aam Aanfang war a Babuschka,
genannt Unjendlichkeit, gjefüllt mit
aandere Babuschkas, unheimlich viel.
Die letzte, kleinste, war voll Borschtsch,
drin ward das Wort Kolchos.
Wie jetzt Boris Alexandr Sascha
Ivanoff Illitsch Michailoff Gottschinsky,
genannt Väterchen, hergegangen ist,
und Babuschka für Babuschka auseinandgjenommen
hat,
ist worden Licht. Licht hat gjesehen Traktor, Apotheka
und
Licht hat gesehen erste Russ,
was Adamsky und Evanowa waren, gespielt hat
Mjusik
von Schostakowitsch und Strawinsky und Rimsky-
Korsakoff. Licht hat gesagt, seids ihr njet,
Licht bin nur i, ihr Vodkaleichen sads djeppert,
sans gflogen aus St. Paradeis.
Das ist uns Borschtsch, haben Adamsky und Evanowa
gesagt,
getanzt an Kasatschok und gezeigt an Kain an Abel und
an Seth,
der eine hat den anderen im Vodkarausch djerschlagen
und seine Kinder haben Kaviar gjefressen, Krimsekt
gschlürft,
und Dostojewski gelesen,
das hat Boris Alexandr Sascha Ivanoff Illitsch
Michailoff Gottschinsky,
genannt Väterchen,

so erzürnt, dass er a Sintflut hat geschickt und später
Sibirien und
Gulag bauen lassen hat. Geflucht: ihr seids ja gagarin
Auf euch sputnik, ehs Tartarengfrast.
Bitta, haben gjesagt die Russen,
einmal im Jahr wir haben kein Strom am Tag
müssen wir uns anstellen um Brot,
ist einziges, was man zu essen kriegt, Balletttänzerin
von Bolschoi,
und Buch von Tolstoi, Schwabe aus Hanoi, Spucke von
Toitoitoi,
haben wir nur Winter und Weinen und Gjesang.
Warum, hat Gottschinsky, genannt Väterchen,
gelächelt, geht ihr nicht ins Gum?
Ich hab euch geben KGB und Dkt und UDSSR von
Weißrussland bis zum
Schwarzen Meer. Und ihr seids kompljett malewitsch.
Bitta, Gottschinsky, Väterchen, haben bettelt die Russ,
schick, wenn du ka Zeit hast,
wenigstens deinen Sohn.
-Der mag kan Tee und verträgt die Kälten net.
-Dann deine Frau, die Anna Karenina.
-Die ist nikita.
-Und deine Mutter? Die Irina?
-Völlig kasachstan.
Was so weitergjegangen ist, bis Vodka Perestrojka
kommen ist.
Seither passt's.
Samowar? Und ob!

Glasnost!

Jiddisch Schöpfungsgschicht

Eieieiei
Lang vor aller Zeit
san gesessen irgendwo in der Unendlichkeit
An am Tischl bei am gfillten Fischl
Da Goi mit seine Schweindelach
Hobn se getrunken koscha Wein
Hobn se gefressen Matze und Falaffel,
und hobn se gspielt mit ihre Beikeles,
und geredet Tacheles
über Nichts. War sonst nichts da.
Hot gesagt de Schweindelach, Goi,
du musst da was erschaffen,
a Weltl, mit paar Schtetl,
a Gschäftl mit paar Mädl,
a Schmonzette und an Bagle.
Bist meschugge, hat da glocht der Goi,
glaubst, i moch an gute Spritz,
a Milchstrass mit Planeten?
Glaubst, i mach a blaue greene gelbe Erd,
an ersten Menschen? Was wird sein?
Wird er wollen hoben a Schickse
Fir a Techtelmechtel,
wird er wollen hobn Tag und Nocht
und sofort verschlafen,
wird er zeugen a Mischpoch
und werden a Ganov.
Und wird er hobn de groiste Chuzpe,
wird er redn vom Masseltow,
wenn ich ihm einmal helf dann doch;
wird er sein a Schmock,

wird mochen recht viel Zores,
nebbich, wird er mochen mir viel Gfrett,
ebbich wird a in am Kibbuz sejn
und mauscheln von der Esther
und vom Estherhase,
und vom Esterhazykeller,
wird er jiddeln viel und fiedeln,
vom Schlamassel reden und vom Bammel,
wird er sejn de greßte Hammel,
wird er wollen Reibach machen,
Witz zum Lachen, und so sonderbare Sachen,
ach, wird er essen auch kein Schweindelach,
hat der Goi gesagt,
und genommen sich a Messer,
jetzt weiß ich was, viel besser,
schau, liebs Schweindelach,
du bist mein Haberer, mei einzger Freund,
ist er ihm mit dem Messer an de Gurgel gfahren,
hat er ihms dereingerennt bis zum Point,
is Blut ankommen warm,
war tot des Schweindelach und arm.
Hat der Goi gelocht,
hat er sich gmocht a Snitzel, a Kotelettl und
    Bratl.
Erschaffen hot er nichts,
dafür is er allane bliebn mit seine dickn goiserer
    Wadl.
Eieieieiei.

Berliner Schöpfungsgeschichte

Wie Gott mal ofjestanden is,
wat meenste hat er da jemacht?
Ick sach mal,
ne Stulle hat er sich jeschmiert,
und an ne Kanne Käffchen
mit nem Salätchen hat er och jedacht.
Und wie der Hergott so jesessen ist,
janz jemütlich eigentlich,
hat er jemerkt, et fehlt die Zeit,
er missed de olle Raum,
de Kudamm und de Alexanderplatz,
et fehlen oßerdem noch de Planeten,
und die Hauptstadt von det allem,
so ein Ort für Assis und Moneten,
ja, et fehlt Balin.
Et fehlt die Mitte wie de Grunewald,
et fehlt Schönhausen, Kreuzberg, de Chaussee,
och fehlt det Brandenburger Tor, die Spree.
So hat Jott in sieben Tagen nich de Welt
    erschaffen,
nur Balin samt icke, micke, Tschüssikowsky,
Baliner und Balinerin.
Und de Balier ham sich osjebreitet,
von de Balinaren bis in de Benin,
och Bejing, was schinesisch ist
und Neubalin bedeutet,
ham se bald jemacht.
Dann ham se noch erfunden de Schemie
Und det olle Welt preußisch sich jedacht.
Det is dufte,

det is, ick sach mal,
dette is Balin.

Tiroler Schöpfungsgeschichte

Zerscht wars finster,
hats gegeben nur an großen Durscht,
aba kan Speck, ka Wurscht
kchane Berch, kchane Kchaspresskchnedl,
kane schwarzen Manda und kane sturen Schädl.
Dann hats gehaßen Wattens
es isch Zeit,
war a Anfang mit am Wort
was war a Jodler.
Is a Gott herkchangen,
was erschaffen hat Nord- und Süd-
und West- und Orsch-Tirol
die ersten Menschen, was ghaßen haben
Karl-Heinz und Fiona.
De haben gchelebt im Paradies
Auf ana Alm, bis gekchemmen is
A Bürgchermeister namens Olm,
der vom Andreas Hofer a Spezl gewesen is
und gewischpert hat
Bischt a Tiroler, bischt a Mensch,
sunst bischt an a Eckn zuwe bischt,
a Orsch mit Ohren.
Kimmst nach Imst, da gibt's an Schnaps,
oder nach Landeck, da gibt's an Speck,
oder nach Kitzbühel, da gibt's a Kühl-
truchen.

So san se runtergegangen von der Alm,
wie zwa Dolm,
so san se gekchemmen bis zum Inn,
der war nu niemals out,
und haben gchesehen den heilichen Wilden Kaiser
und haben gchesehen den heilichen Bergisel
und das heiliche Goldene Dachl,
und de heilichen Skiliftanlagen
und de heiliche Autobahn mit dem heilichen Verkehr
und seinem heilichen Kohlenmonoxid.
Und gesungen habn de Zillertaler Schürzenjäger.
Das war garschtig.
Dann is da Herrgott hergegangen
Hat glei eineghackt
Und hat ihnen geschickt a Flut
Touristen, in ders alle san ersoffen.
Nur aner hat se baut mich ach und krach
A Schinakl aus alte Schi und Hoamatliedln,
da Hansi Hinterseer wars,
da Noah von Tirol. Zum Wohl.

Chinesische Schöpfungsgeschichte

Wo san so An?
Wo san so Fang?
dass fangt an, was kalt,
dass si-tzen viel Dumm Dumm,
viel Dunkel-heit,
ka Heit Tsung und ka Mai Sun,
ka Zsei tung und ka Rund fung,
ka Blu tschin, ka Zehn Xang,

ois zweng, ois zeng
nul We sen Gott,
wos an so obeitlt,
wos an so zwickt,
wal auf Chop su che
bei AMS, hat emp fang en
Schö pfungs plan,
hat el gemacht Gong Gong,
Ha tschii, weng Hongkong,
weng Jantse, weng Taifun,
dann Lenzing, Timelkam,
Pichlwang und Nang Pu,
in sieben Tagen acht Schätzen,
am achten Handynetzen
elsten Mensch mit Name Kung Fu,
und Eva seine wo-man, sagt er: loss eini,
sie zjung zum,
dumm Ding, ka Hua,
is kommen Schlang Xioping von
Ho lun derstrauch wo Panda si-tzen übel
Um lei tung Zedong und hat gesagt
Kanudi Kasacki, zum Essen nul Sau Zung
und Pekingente? Kane Schu-he? Ka Schi-foan?
Ka Budan? Ka Ungsund!
Nul Zen und Fengshui. Geht net! Gwinnst nix.
Musst neh-men Apfel zul Beu te
Beißen hi-nein. Gibt Hei-lung wie Ginseng.
Das hat Wuhan xsehen Gott,
Wesen mit Hau zwang,
hat gegeben Wang Peng und Goinggoing
Kung Fu und Eva,
losst er si net lei-men

und hot geschmi-ssen bei-de
Aus dem Galten Eden,
macht el mit jedem,
wo san so, wo san so dumm.
Seitdem spie-len sie Ping Pong
Und ja-zzen hu-man
in Hi-tze zvui oder zweng
Kina ma a. Baba.

Polnische Schöpfungsgeschichte

Am Anfang war na prawde,
ein Pyscht, ein Wlau sowie ein Krkscht,
ein Zyczliwek, ein Konicek,
und eine Idee von Pzcschau,
die schwammen da im wroclawischen
    Urmehlsüppchen,
welche Tschurrek hieß,
da ging Gott her
tak tak mit seinem Presslufthammer
und machte tak tak ein Lekki Licht
tak tak die Zeit.
Jetzt mach kane Gdansk, verstaihst,
sagte er zur Schöpfung
und löffelte aus Südpol,
Nordpol, und zum Schluss die Welt,
was er alles Polen heißt.
Tschin Kuje.
Dann schuf tak tak er einen ersten Ludzie,
oder Menschen, den er Reich-Ranicki nannte,
Bledsinn, Adam, aber

Malysz, während seine Frau Mizkiewicz hieß.
Na prawde. Brosche sagten die,
jetzt fehlt uns nur noch a Schubruwka
a Piwo und a Polska, dann haben wir vor Pommern
Garten Eden.
Prompt kam an a popowo Schlang,
die Solidarnosch flüsterte.
Das hörte lech o mio Wojtyła,
hat er curva, beschtie geflucht,
schlaich dich,
hat er ein Gedicht geschrieben,
von Reußen, Preußen, Habsburgern,
danach alle aus Partei geschmissen.
Aus war es mit Paradeis.
Doch noch war Polen nicht verloren.
No problema, denn die ersten Menschen
haben geheißen Pollak, Pohl, Polanski,
Polpot, Witwe Polte, Polarek,
Tante Sloti, Lolek und Bolek,
Dieter Bohlen.
Genannt haben sie sich alle Prawo Jazdy,
was bedeutet Führerschein,
und haben gamacht a polish, polited Welt
mit vielen Strafzetteln. Verstaihst?
Ist der Elvis Breslau kommen, dobsche, dobsche
und die Schwester vom Chopin,
der eigentlich Chopinsky gheißen hat,
ist mit dem Herz von ihrem toten Bruder
unter ihren sieben Röck
und sechs Unterröcken
durch halb Europa,
um es in der feuchten Erde Polens,

in der Heiligkreuzkirche Warschaus zu beerdigen.
Verstaihst?
Dann hat es gegeben noch a paar berühmte Polen,
dobsche, dobsche,
was die Welt gestohlen hat,
berihmtester von allen war Jesky Christinsky, der
Messias.
Dann hat es gegeben Homerinsky,
was hat geschrieben von großem Polen
Jazek Odyssalek. Na prawde.
Juliusz Cäsarek, Goethalek,
Aristotelesinsky, Kinsky, was Chineser heißt,
Einsteinek, Beethovenek, Rembrandek.
Alles Polen.
Glaubst du net? Hau ich dich weg.
Mach ich dich Wutsch, du Theo.
Na prawde und Nastrowje.
Tschin Kuje und Gin Tonic.

Textnachweis

Dein ist mein ganzes Herz. Musik: Franz Léhar, Text: Ludwig Herzer, Fritz Löhner. © Copyright by Glockenverlag Gesmbh, A-1160 Wien (mit freundlicher Genehmigung).

Ungarische Schöpfungsgeschichte. In: Peter Hammerschlag, Die Wüste ist aus gelbem Mehl. Groteskgedichte. Herausgegeben von Friedrich Achleitner und Monika Kiegler-Griensteidl. © Paul Zsolnay Verlag, Wien 1997. S. 113 ff.

Franzobel
Das Fest der Steine
oder *Die Wunderkammer der Exzentrik*
Roman. 656 Seiten. Paul Zsolnay Verlag

Oswald Wuthenau ist ein Schelm und Hochstapler, ein moderner Mephisto und doch ein verzweifelt Heimatloser. Wie eine Urgewalt bricht diese »Mischung aus Orson Welles, Helmut Qualtinger und Oliver Hardy« Mitte der fünfziger Jahre über Südamerika herein, macht Bekanntschaft mit geflohenen Nazis, gerät in eine ekstatische Orgie, heiratet, errichtet das erste Atomkraftwerk Argentiniens, bekommt in der DDR die Brecht-Medaille überreicht und stellt Wien auf den Kopf.
Familienepos, Schelmenroman, ein Stück österreichische Weltliteratur: Franzobels famoses Panoptikum eines aus den Fugen geratenen Jahrhunderts.

»Franzobel bewährt sich neuerlich als begnadeter Verbalerotiker, zahlreiche grob unzüchtige Passagen sind glänzend gelungen und bereiten auch dank ihrer Komik ungetrübtes Vergnügen.«
Ulrich Weinzierl, *Die Welt*

»Furios und verwinkelt: ›Fest der Steine‹ ist ein vor superb-sonderbaren Ideen und Wortneuschöpfungen, vor Bilderfeuerwerken, sprechenden Namen und exaltierten Figuren überquellender Roman.«
Wolfgang Paterno, *profil*

»So ist ›Fest der Steine‹ ein wunderbarer Roman, der viele Facetten der menschlichen Existenz aufblättert. Ein Leseerlebnis voller nachdenklicher Ironie.«
Andreas Puff-Trojan, *Münchner Merkur*